LA VÉGÉTARIENNE

Han Kang est née en 1970 à Gwangju, en Corée du Sud. Elle enseigne actuellement dans le département de «Creative writing» du Seoul Institute of Arts. Ses œuvres sont publiées dans le monde entier et deux de ses romans, dont *La Végétarienne*, ont déjà été adaptés au cinéma. En 2016 paraîtra *Celui qui revient* aux éditions Le Serpent à Plumes.

HAN KANG

La Végétarienne

ROMAN TRADUIT DU CORÉEN
PAR JEONG EUN-JIN & JACQUES BATILLIOT

LE SERPENT À PLUMES

Titre original :

채식주의자
Publié par Changbi, Séoul, 2007.

Ouvrage publié avec le concours de la Fondation Dasesan, Séoul.

LA VÉGÉTARIENNE

*

Avant qu'elle ne commençât son régime végétarien, je n'avais jamais considéré ma femme comme quelqu'un de particulier. Pour être franc, je n'avais pas été attiré par elle quand je l'avais vue pour la première fois. Ni grande ni petite, des cheveux ni longs ni courts, une peau jaunâtre qui desquamait, des paupières lourdes, des pommettes un peu saillantes et une tenue aux couleurs ternes qui semblait dénoter un souci de fuir toute marque d'originalité. Chaussée de souliers noirs du modèle le plus simple, elle s'était approchée de la table où je l'attendais, d'un pas qui n'était ni rapide ni lent, ni énergique ni indolent.

Si je l'avais épousée, bien qu'elle fût dépourvue de tout charme remarquable, c'était parce qu'elle n'avait pas non plus de défaut notable. La banalité qui caractérisait cette créature sans éclat, ni esprit ni sophistication aucune, m'avait mis à l'aise. Je n'avais pas eu à faire semblant d'être cultivé pour l'impressionner, à me précipiter pour ne pas être en retard à nos rendez-vous, à nourrir des complexes en me comparant aux mannequins des catalogues de mode. Devant elle, je n'avais pas honte de mon ventre, qui avait commencé à se bomber dès l'âge de vingt-cinq ans à peu près, ni de mes bras et de mes jambes, que je n'arrivais pas à muscler malgré mes efforts, ni même de mon sexe, dont les modestes proportions m'avaient toujours inspiré un sentiment d'infériorité que je prenais soin de dissimuler.

Je m'étais toujours gardé de ce qui me paraissait trop bien pour moi. Quand j'étais petit, je m'entourais de gamins qui avaient deux ou trois ans de moins que moi et avec lesquels je jouais les chefs ; plus tard, j'avais postulé pour une université assez peu exigeante quant au niveau, afin de pouvoir y entrer avec une bourse. Je me contentais à présent d'un salaire qui n'avait rien de mirobolant, dans une petite société où l'on montrait du respect pour mes compétences, qui n'avaient rien d'exceptionnel. Choisir comme épouse une femme qui semblait être la plus ordinaire du monde était donc une chose naturelle pour moi. Les jolies, les intelligentes, les trop ostensiblement séduisantes, ou encore celles issues d'une famille riche m'intimidaient.

Elle répondit à mon attente en se coulant sans problème dans le rôle d'une épouse conventionnelle. Elle se levait à six heures du matin, me préparait un petit déjeuner composé de riz, de soupe et de poisson. Elle apportait même une modeste contribution financière au ménage grâce à de petits boulots qu'elle avait continué à exercer après notre mariage : elle enseignait à titre de suppléante dans un établissement spécialisé dans le graphisme informatique, où elle avait auparavant travaillé pendant un an, et exécutait à domicile certaines commandes consistant à insérer du texte dans des bulles de bandes dessinées.

Elle n'était pas bavarde. Elle me réclamait rarement quelque chose, ne se plaignait pas quand je rentrais tard. Elle ne me proposait pas non plus de sortir les jours où, exceptionnellement, nous étions libres tous les deux. Je passais dans ce cas mes après-midi à ne rien faire, la télécommande de la télévision à la main, tandis qu'elle restait enfermée dans sa chambre, travaillant ou probablement lisant – la lecture était son modeste divertissement, mais il s'agissait la plupart du temps de livres qui semblaient tellement ennuyeux qu'ils ne donnaient pas l'envie de dépasser le stade de la couverture –, n'en sortant que pour préparer les repas. Il faut avouer que la vie avec elle, ce n'était pas vraiment festif. Cependant, je lui étais reconnaissant, car je trouvais lassantes ces épouses qui faisaient sonner plusieurs fois par jour les téléphones portables de mes collègues et de mes amis ou, selon les rumeurs, adressaient régulièrement des reproches à leur mari, ce qui débouchait sur d'orageuses scènes de ménage.

Il y avait pourtant un point sur lequel elle se distinguait des autres femmes : elle n'aimait pas mettre un soutien-gorge. Un jour, durant l'époque brève et dépourvue d'exaltation de notre flirt, j'avais éprouvé une légère excitation en m'apercevant de l'absence de bretelles sous sa chemise, alors que, sans intention particulière, j'avais posé une main sur son dos. Dans les instants qui avaient suivi, j'avais observé son comportement d'un œil neuf, essayant de savoir s'il s'agissait d'un signal qu'elle m'adressait ; mais j'étais parvenu à la conclusion qu'il n'en était rien. Si ce n'était pas un signal, était-ce de la paresse ? Ou bien de l'indifférence ? Je n'arrivais pas à me faire une idée. L'absence de cet accessoire ne cadrait pas avec l'insignifiance de sa poitrine. Elle aurait dû au contraire rembourrer son soutien-gorge pour me sauver la face auprès de mes amis !

Depuis notre mariage, elle s'en passait complètement quand elle était chez nous. Elle ne consentait à en mettre un qu'en été, quand elle sortait, pour dissimuler ses mamelons. Pourtant elle le dégrafait au bout d'une minute et cela se devinait quand le vêtement était trop mince et d'une couleur claire, ou un peu moulant, mais elle n'en avait cure. Si je lui faisais une remarque, elle préférait endosser un gilet, même par une chaleur caniculaire. Elle m'expliquait que le soutien-gorge l'étouffait, lui comprimait la poitrine. N'en ayant jamais porté, je ne pouvais imaginer dans quelle mesure ce pouvait être une gêne. Néanmoins, cette délicatesse me paraissait excessive, vu que les autres femmes ne me semblaient pas partager une aussi vive exécration.

Ce détail mis à part, tout allait bien. Cela faisait presque cinq ans que nous étions mariés, mais, comme il n'y avait jamais eu de véritable passion entre nous, l'ennui ne s'était pas installé dans notre couple. Nous avions décidé de retarder la venue d'un enfant jusqu'au moment où nous pourrions acheter un appartement, ce qui fut fait à l'automne de l'année précédente, et je commençais tout juste à me demander s'il n'était pas temps pour moi de devenir papa. Avant cette aube de février dernier où j'ai découvert ma femme en chemise de nuit, debout dans la cuisine, je n'avais jamais imaginé que notre vie pourrait changer, ne serait-ce qu'un petit peu.

*

— Que fais-tu là ? lui ai-je demandé, alors que j'étais sur le point d'allumer dans la salle de bains.

Il devait être dans les quatre heures du matin. J'avais été réveillé par l'envie d'uriner et une soif due à la bouteille et demie de *soju*[1] que j'avais bue pendant ce dîner avec mes collègues.

— Eh ! Je te demande ce que tu fais là !

Je l'observais fixement, quand j'ai été parcouru par un brusque frisson. Je me suis senti soudain réveillé et dégrisé. Immobile, elle se tenait face au réfrigérateur. Je n'arrivais pas à distinguer l'expression de son visage que je voyais de profil, mais quelque chose dans son attitude m'effrayait. Son épaisse chevelure, d'un noir naturel, était hirsute. Sa chemise de nuit blanche, qui lui descendait aux chevilles, était comme toujours légèrement retroussée.

Contrairement à la chambre, il faisait froid dans la cuisine. D'un naturel frileux, elle se serait d'ordinaire hâtée de mettre un gilet et des pantoufles. Mais cette

---

1. Alcool distillé populaire à base de céréales. (*Toutes les notes sont des traducteurs.*)

fois, elle était restée ainsi, depuis je ne sais combien de temps, pieds nus et dans son vêtement de nuit de demi-saison, et faisait comme si elle n'entendait rien. On aurait dit qu'à la place du réfrigérateur se tenait un être invisible pour moi – ou un fantôme.

Que se passait-il ? Souffrait-elle de somnambulisme, un état que je ne connaissais que de nom ?

Je me suis approché d'elle, toujours figée comme une statue en pierre.

— Qu'est-ce que tu as ? Que fais-tu ?

Elle n'a pas sursauté lorsque j'ai posé la main sur son épaule. Elle n'était donc pas ailleurs, mais semblait parfaitement consciente de ma présence depuis que j'étais sorti de la chambre, des questions que je lui posais et des mouvements que je faisais en me rapprochant d'elle. Elle m'ignorait, tout simplement, comme elle le faisait quand je rentrais tard et que son attention était concentrée sur un téléfilm. Mais qu'est-ce qui pouvait bien l'absorber ainsi à quatre heures du matin, dans la cuisine, dans la contemplation de la porte blafarde d'un réfrigérateur de quatre cents litres ?

— Chérie !

J'ai observé son profil qui se détachait de l'obscurité. Ses yeux brillaient, habités par un calme froid que je ne lui avais jamais vu auparavant, et ses lèvres étaient serrées.

— J'ai fait un rêve.

Sa voix était nette.

— Un rêve ? Qu'est-ce que tu racontes ? Non, mais tu as vu l'heure qu'il est ?

14

Elle m'a tourné le dos, puis s'est dirigée lentement vers la chambre dont la porte était restée ouverte. L'ayant franchie, elle a tendu le bras derrière elle pour la refermer silencieusement. Resté seul dans l'obscurité de la cuisine, j'ai regardé fixement la porte qui venait de dérober à ma vue l'image de son dos.

J'ai allumé dans la salle de bains et j'y suis entré. Un froid de moins dix degrés perdurait depuis plusieurs jours. Les nu-pieds étaient encore mouillés suite à la douche que j'avais prise quelques heures auparavant. De l'orifice d'aération, trou noir au-dessus de la baignoire, et du carrelage blanc du sol et des murs suintait toute la tristesse de la mauvaise saison.

Revenu dans la chambre, je n'ai perçu aucun son en provenance du corps recroquevillé de ma femme. J'avais l'impression, trompeuse bien sûr, d'être seul dans la pièce. Tendant l'oreille, j'ai réussi à distinguer le léger bruit qu'elle faisait en respirant. Elle ne semblait pas dormir. J'aurais pu rencontrer la douceur de sa peau en tendant la main. Mais pour une raison que je ne m'expliquais pas, j'en étais incapable. Je n'avais même pas envie de lui parler.

*

Allongé sous la couverture, je contemplais d'un œil vide la lumière de ce matin d'hiver qui filtrait à travers les rideaux blancs pour envahir la pièce. Ayant soulevé la tête pour jeter un coup d'œil à la pendule, j'ai bondi sur mes pieds et je suis sorti de la chambre en poussant violemment la porte. Ma femme était devant le réfrigérateur de la cuisine.

— Tu es folle ? Pourquoi ne m'as-tu pas réveillé ? Tu as vu l'heure qu'il…

Je me suis interrompu en sentant quelque chose de mou sous mon pied. Je n'en ai pas cru mes yeux.

Elle était accroupie dans sa tenue de nuit, ses cheveux dénoués toujours aussi embroussaillés. Autour d'elle, le sol était jonché, au point qu'on ne savait plus où mettre les pieds, de poches d'emballage noir et blanc et de boîtes en plastique. Des sacs de congélation contenant de la viande destinée au *shabu-shabu*[1], de la poitrine de porc, deux gros pieds de bœuf, des calmars, les anguilles de mer accommodées que sa mère nous avait récemment envoyées de la campagne où elle vivait, des maigres salés, séchés et enfilés sur des ficelles, des raviolis surgelés, des petits sachets contenant je ne sais quoi… Elle était en train de jeter le tout, pièce après pièce, dans un grand sac-poubelle, avec un bruissement de matière plastique froissée.

Perdant patience, je me suis écrié : « Mais qu'est-ce que tu fabriques ? »

Négligeant ma présence comme elle l'avait fait la nuit précédente, elle a poursuivi sa tâche. Du bœuf, du porc, du poulet et même des anguilles qui ne devaient pas coûter moins de deux cent mille wons !

---

1. Une variante japonaise de la fondue chinoise. On trempe dans un bouillon en ébullition de la viande et des légumes coupés en fines lamelles.

— Tu deviens folle ! Pourquoi jettes-tu tout ça ?

Slalomant entre les emballages, j'ai foncé sur elle et lui ai saisi le poignet. Elle résistait avec une vigueur inattendue et j'ai dû faire un effort qui m'a fait monter le sang au visage pour lui faire lâcher ce qu'elle tenait alors. Tout en se massant l'articulation, ma femme a déclaré alors d'une voix aussi calme que d'ordinaire :

— J'ai fait un rêve.

Toujours la même rengaine ! Sans que l'expression de son visage changeât, elle m'a fixé droit dans les yeux. C'est à ce moment-là que mon téléphone portable a sonné.

— Merde !

J'ai entrepris de fouiller mon manteau, que j'avais balancé sur le canapé du salon la veille au soir. Dans la dernière poche explorée, celle de l'intérieur, j'ai enfin mis la main sur l'appareil qui s'égosillait.

— Je suis désolé. J'ai eu un problème familial… Je suis vraiment navré. Je vais essayer d'arriver le plus vite possible. Si, si, je peux partir tout de suite… Pas plus d'un instant… Non, non, je vous en prie, attendez, juste un peu ! Je suis vraiment désolé… Oui, je ne sais pas quoi vous dire…

J'ai fermé le portable et me suis rué dans la salle de bains. Dans ma précipitation, je me suis coupé deux fois en me rasant.

— Il n'y a plus de chemise repassée ?

Pas de réponse. Fulminant, j'ai fourragé dans le panier à linge posé devant la salle de bains et j'en ai extrait la liquette que j'y avais jetée la veille. Heureusement, elle n'était pas trop froissée. J'ai posé une

17

cravate autour de mon cou, comme une écharpe, j'ai enfilé des chaussettes, pris mon agenda et mon portefeuille. Ma femme, toujours dans la cuisine, restait invisible. Pour la première fois en cinq ans de mariage, je partais au travail sans qu'elle m'ait aidé et dit au revoir.

— Tu es cinglée, complètement dingue !

J'ai mis mes chaussures, que j'avais achetées récemment et qui n'étaient pas encore faites à mes pieds. J'ai ouvert à la volée la porte d'entrée et, constatant que l'ascenseur était arrêté tout en haut de l'immeuble, j'ai dévalé les trois étages par l'escalier. C'est seulement après avoir bondi dans la rame du métro qui s'apprêtait à démarrer que j'ai vu mon reflet dans la vitre obscure. J'ai arrangé mes cheveux, noué la cravate et lissé les plis de ma chemise. Me sont ensuite revenus à l'esprit les traits effroyablement impassibles et la voix posée de ma femme.

«J'ai fait un rêve», avait-elle dit à deux reprises. J'ai eu la vision de son visage, de l'autre côté de la fenêtre du wagon en marche, dans les ténèbres du tunnel. Il m'était devenu étranger, presque inconnu. Mais comme je devais trouver un prétexte pour expliquer mon retard au rendez-vous et préparer mon discours, je n'avais plus la tête à réfléchir sur son comportement déroutant. Je me suis contenté de me dire : «En tout cas, ce soir, je vais rentrer tôt. Cela fait des mois que je ne suis pas revenu avant minuit, depuis que j'ai changé de poste.»

*

C'était une forêt sombre. Il n'y avait personne. Comme je progressais entre des arbustes garnis d'épines, j'avais des éraflures sur les bras. Il me semble que j'avais fait partie d'un groupe, mais apparemment je l'avais perdu. J'avais peur. J'avais froid. Après avoir franchi un ravin gelé, j'ai découvert une construction aux couleurs claires qui ressemblait à une grange. J'y suis entrée en écartant une natte, et là, je les ai vus : des centaines d'énormes quartiers de viande rouge suspendus à de longues perches en bambou. Du sang coulait même de certains d'entre eux, qui n'avaient pas eu le temps de sécher. Je suis passée entre d'interminables alignements de viande sans trouver une sortie. L'habit blanc que je portais était ensanglanté.

Je ne sais pas comment j'ai réussi à m'enfuir. J'ai remonté le ravin en courant. Soudain la forêt s'est éclaircie ; le feuillage des arbres brillait d'un vert printanier. Il y avait plein d'enfants et ça sentait bon. Des familles étaient en train de pique-niquer. La scène était d'une splendeur indescriptible. Sur les bords d'un ruisseau, des gens assis sur des nattes mangeaient du kimbap [1]... Dans un coin, on faisait cuire de la viande. On entendait des chansons et des rires.

Mais j'avais peur. Mes vêtements étaient toujours tachés. Je me suis dissimulée derrière un arbre sans que personne remarque ma présence. Mes mains aussi étaient souillées, ainsi que ma bouche. J'avais mangé un morceau de viande qui était tombé sur le sol de la

---

1. Algues fourrées avec du riz, des légumes, de l'œuf et de la viande ou de la saucisse.

grange. J'avais frotté la pulpe crue et flasque contre mes gencives et mon palais, qui s'étaient imprégnés de sang. Mes yeux scintillaient, reflétés dans la flaque vermeille qui couvrait le sol.

Tu ne peux pas imaginer comme c'était intense, cette sensation des dents qui mâchaient la chair crue. Mon visage, cette lueur dans mes yeux... C'était une face que je voyais pour la première fois et en même temps c'était la mienne, sans aucun doute possible. Non, au contraire : c'était un visage que j'avais vu un nombre incalculable de fois, mais ce n'était pas le mien. Je ne peux pas t'expliquer... Cette impression vive, bizarre, terriblement bizarre... à la fois si familière et si nouvelle.

*

Le dîner que ma femme m'avait préparé était composé de feuilles de batavia, accompagnées de pâte de soja, d'une soupe aux algues sans viande ni coquillages, et de *kimch'i*[1]. C'était tout.

— Qu'est-ce que c'est cette histoire ? Tu veux dire que tu as balancé toute notre viande à cause d'un fichu rêve ? Tu te rends compte de ce que ça représentait comme argent ?

Je me suis levé pour aller ouvrir la porte du congélateur. À part de la poudre de céréales grillées, des piments moulus, de jeunes piments surgelés et un sachet d'ail haché, il n'y avait plus rien.

---

1. Ce mets à base de chou mariné dans un assaisonnement épicé et fermenté constitue un élément indispensable à une table coréenne.

— Fais-moi au moins un œuf au plat ! Je suis vraiment crevé ce soir. Je n'ai même pas eu le temps de déjeuner correctement.

— J'ai aussi jeté les œufs.

— Quoi ?

— Et puis j'ai aussi annulé les livraisons de lait.

— Je rêve ! Tu veux me priver moi aussi de tout produit d'origine animale ?

— Je ne peux plus voir ça dans le réfrigérateur. Je ne le supporte plus.

Comment pouvait-elle être aussi égocentrique ? Je l'ai dominée du regard. Les yeux baissés, elle semblait plus sereine que jamais. Je n'en revenais pas ! Dire qu'elle dissimulait en elle un tel égoïsme, une telle inconscience ! Se pouvait-il qu'elle soit irresponsable à ce point ?

— Tu es en train de me dire qu'on ne mangera plus jamais de produit d'origine animale sous ce toit ?

— De toute manière, tu ne prends ici que ton petit déjeuner. Tu peux donc en manger à midi et le soir… Tu ne mourras pas parce que tu n'en manges pas le matin, a-t-elle répondu calmement, comme pour me démontrer que sa décision était rationnelle et justifiée.

— D'accord ! Alors, passons pour ce qui me concerne. Mais toi ? Tu n'en consommeras plus du tout ?

Elle a secoué la tête.

— Ah bon ? Et ça va durer longtemps ?

— C'est définitif.

Je suis resté sans voix. Je savais, pour en avoir entendu parler, que le régime végétarien était à la mode. Les gens l'adoptaient pour jouir d'une bonne santé aussi longtemps que possible, pour se débarrasser d'une allergie ou de problèmes dermatologiques, ou encore dans le souci de préserver l'environnement. Pour les moines bouddhistes, c'était par respect du grand principe qui leur interdit de tuer. Mais dans son cas, à quoi cela rimait-il ? Ce n'était pourtant plus une adolescente ! Ce n'était pas pour maigrir, ni pour guérir d'une maladie ; elle n'était pas non plus possédée par je ne sais quel esprit. Elle voulait changer son régime alimentaire à la suite d'un cauchemar ! Et elle s'entêtait, indifférente aux efforts de son mari pour l'en dissuader.

J'aurais mieux compris si elle avait toujours eu cette répugnance. Elle avait toujours joui d'un bon appétit, même avant le mariage, et c'était là un aspect de sa personnalité qui me plaisait particulièrement. Elle retournait avec habileté les côtes de bœuf sur le gril, les découpait avec assurance en les maintenant avec une pince. Les plats qu'elle préparait le dimanche depuis que nous étions mariés étaient tout à fait corrects. Sa poitrine de porc frite, parfumée par une marinade de gingembre et de sucre d'orge, ou encore sa recette personnelle qui consistait à fabriquer une sorte de gâteau ou de galette avec de fines tranches de viande destinées au *shabu-shabu*, à la faire rissoler après l'avoir assaisonnée avec du poivre, du sel grillé dans une tige de bambou, de l'huile de sésame, et roulée dans de la poudre de riz gluant. Son *pibimbap* fait de riz trempé à l'avance, cuit avec de la viande de bœuf hachée et de l'huile de sésame, le tout couronné de soja. Et son ragoût au poulet, dans lequel elle ajoutait des pommes de terre coupées en gros morceaux ! J'étais capable de vider trois assiettes d'affilée de cette chair profondément imprégnée d'un jus onctueux et aigre-doux.

Mais que dire de la table qu'elle venait de dresser ? Perchée sur une chaise, elle était en train de se servir une simple soupe aux algues qui, à première vue, ne semblait pas fameuse. Elle a déposé du riz et de la pâte de soja sur une feuille de batavia et le tout, enfourné dans sa bouche, a déformé ses joues.

Je n'avais rien compris. De cette femme, je ne savais rien, me suis-je dit à ce moment-là.

— Tu ne manges pas ? m'a-t-elle lancé d'une voix indifférente qu'on aurait pu attribuer à une épouse d'âge mûr ayant élevé quatre enfants.

Sans prêter la moindre attention à son mari qui, debout, la contemplait, elle a mâché longuement et bruyamment du *kimch'i*.

*

Les choses sont restées ainsi jusqu'à l'arrivée du printemps. Je devais chaque matin me contenter de végétaux, mais je ne m'en plaignais plus. Si dans un couple une personne change radicalement, l'autre est bien obligée de suivre.

Elle maigrissait de jour en jour. Ses pommettes, déjà saillantes, pointaient de plus en plus, déformant son visage. Quand elle n'était pas maquillée, on aurait dit qu'elle était malade. Mais s'il suffisait de se priver de viande pour mincir, personne ne souffrirait de problème de poids. Je le savais : si ma femme maigrissait, ce n'était pas du fait du régime qu'elle avait adopté, mais à cause de son rêve. Encore qu'en fait, elle ne dormait presque plus du tout.

Elle n'était pas du genre à veiller tard. Auparavant, quand je rentrais à une heure avancée de la soirée, je la trouvais souvent endormie. À présent, même lorsque je rentrais après minuit, elle ne me rejoignait plus dans la chambre lorsque je m'étais couché après avoir fait ma toilette. Elle n'était pas occupée à lire, ni à chatter sur Internet, ni à regarder une chaîne câblée. Son travail, qui consistait à compléter des bulles de bandes dessinées, ne lui prenait pourtant pas tellement de temps.

Elle s'endormait vers cinq heures du matin et se réveillait au bout d'une heure en poussant un bref gémissement. Elle était là, les cheveux en désordre, la peau sèche et le blanc des yeux strié de veinules, pendant que je déjeunais alors qu'elle-même ne touchait pas à sa cuillère.

Ce qui me préoccupait le plus, c'était qu'elle ne voulait plus faire l'amour avec moi. Elle était du genre à accéder à mon désir sans rechigner et parfois même à prendre l'initiative de caresser mon corps. Mais à présent, si je posais une main sur son épaule, elle me repoussait. J'ai voulu un jour qu'elle s'en explique :

— C'est quoi, ton problème ?

— Je suis fatiguée.

— C'est pour ça qu'il faut manger de la viande ! Ce n'est pas étonnant que tu sois faible. Tu n'étais pas comme ça avant.

— La vérité…

— Quoi ?

— C'est à cause de l'odeur.

— L'odeur ?

— L'odeur de viande. Tu sens la viande.

J'ai laissé échapper un éclat de rire.

— Tu viens de le voir de tes yeux : j'ai pris ma douche. Comment pourrais-je sentir ça sur moi ?

Elle a répondu avec gravité :

— Par chaque pore de ta peau.

Depuis, je broyais du noir. Et si on n'en était qu'aux premiers symptômes ? Et si c'était le début d'une monomanie, d'une démence ou d'une de ces dépressions nerveuses dont j'avais tant entendu parler ? Mais il était difficile d'affirmer que son cerveau était dérangé. Comme auparavant, elle parlait peu et l'appartement était en ordre. Le week-end, elle préparait deux ou trois plats à base de végétaux, quelquefois même des vermicelles aux légumes en remplaçant la viande par des champignons. Compte tenu du fait que le régime végétarien était à la mode, il n'y avait là rien de bizarre. Ce qui l'était, c'était qu'elle ne dormît plus, qu'elle me répondît invariablement : « J'ai fait un rêve », quand je l'interrogeais le matin, moment où elle semblait particulièrement absente ou écrasée sous je ne sais quel poids. Je ne la questionnais pas sur le contenu de son rêve. Je n'avais pas envie d'entendre encore une fois parler de forêt obscure, de grange, de reflet de son visage dans une flaque de sang…

À cause de ce cauchemar dont l'accès m'était interdit, que je ne pouvais ni ne voulais partager, et de la souffrance qui en résultait, elle continuait à maigrir. Il est arrivé un moment où elle aurait pu faire penser à une ballerine, mais où il ne lui restait plus en fait que la peau et les os, comme à une malade. Quand j'avais de mauvais pressentiments, je les chassais en me disant que si l'on considérait ses parents, qui vendaient du bois et tenaient une petite épicerie, sa sœur et son mari, de braves gens, le dérèglement mental ne pouvait pas être dans ses gènes.

L'évocation de sa famille réveillait aussitôt en moi l'image d'une fumée épaisse et l'odeur de l'ail en train de griller. Pendant que les hommes partageaient des verres de *soju* devant la viande qui grésillait dans sa graisse, les femmes discutaient bruyamment dans la cuisine. Toute la famille – surtout mon beau-père – adorait le steak tartare. Ma belle-mère savait préparer du sashimi avec un poisson encore vivant, ma belle-sœur et ma femme étaient de celles qui savent découper un poulet en petits morceaux à l'aide d'un hachoir. J'appréciais l'adéquation à la vie de mon épouse, qui ne rechignait pas à écraser des cafards avec la main. N'était-elle cette femme, la plus ordinaire du monde, que je m'étais donné tant de mal pour trouver ?

Même si son état était véritablement inquiétant, je renâclais à l'idée de faire appel à un médecin ou à un « consultant [1] », comme on dit. S'il s'était agi de quelqu'un d'autre, j'aurais déclaré : « Ce n'est qu'une petite indisposition, pas un défaut de fabrication ! » Mais vraiment, je n'étais pas armé contre les bizarreries.

---

1. C'est-à-dire un psychologue.

*

La veille du jour où j'ai fait ce rêve, le matin, j'étais en train de découper de la viande surgelée. Tu étais énervé, impatient :

— Merde ! Tu ne peux pas te magner un peu ?

Comme tu sais, quand tu es pressé, je ne sais plus où donner de la tête. Je deviens maladroite comme si j'étais quelqu'un d'autre, et cela complique encore plus les choses. Vite, encore plus vite ! Ma main qui tenait le couteau était tellement fébrile que j'ai senti une bouffée de chaleur monter jusqu'à ma nuque. Soudain la planche a glissé. Je me suis coupée et le couteau s'est ébréché. Tout cela s'est passé si rapidement...

Quand j'ai levé mon index, une goutte de sang a jailli. Ronde, toujours plus ronde. Je l'ai mis dans ma bouche et je me suis sentie mieux. Cette couleur vermeille et ce goût douceâtre, bizarrement, semblaient exercer sur moi un effet apaisant.

Tu as recraché le morceau de pulgogi[1] que tu étais en train de mâcher. Tu en as extrait quelque chose de brillant et tu as crié :

— Qu'est-ce que c'est que ça ? Mais c'est un fragment de lame de couteau !

Tu grimaçais de colère.

— Et si je l'avais avalé ? J'aurais pu en mourir !

Pourquoi n'ai-je pas été troublée à ce moment-là ? Au contraire, je me sentais plus calme encore qu'à l'ordi-

---

1. Viande de bœuf coupée en fines lamelles, marinée dans une sauce de soja à laquelle on a ajouté du sucre et de l'ail, et que l'on fait ensuite griller.

naire. Comme si une main fraîche s'était posée sur mon front. Comme la mer lorsque la marée descend, tout ce qui m'entourait s'est alors éloigné en glissant. La table, toi, tous les meubles de la cuisine. Il ne restait plus dans un immense espace vide que moi et la chaise sur laquelle j'étais assise.

C'était cette nuit-là… J'ai vu pour la première fois la flaque de sang dans la grange et le visage qui s'y reflétait.

*

— C'est quoi, ces lèvres ? Tu ne t'es pas maquillée ?

J'ai ôté mes chaussures et j'ai entraîné ma femme, qui restait là dans son trench-coat noir, perdue dans ses pensées, jusque dans notre chambre.

— Tu ne vas pas y aller comme ça ?

Le miroir de sa table de toilette nous renvoyait notre image.

— Tu recommences, maquille-toi !

Elle a dégagé son bras sans dire un mot. Elle a ouvert son poudrier et s'est tapoté le visage avec la houppette. La poudre la faisait ressembler à une poupée en tissu couverte de poussière. Après qu'elle a eu appliqué sur ses lèvres son rouge habituel, couleur corail, sa pâleur maladive s'est trouvée à peu près camouflée. Je me suis senti rassuré.

— On est en retard ! Dépêche-toi !

Je l'ai précédée et j'ai ouvert la porte d'entrée. Tout en maintenant le doigt sur le bouton de l'ascenseur, je la regardais avec impatience enfiler sans se presser des tennis bleu marine. Des tennis et un trench-coat !

L'association des deux était discutable, mais il n'y avait pas le choix. Ma femme n'avait plus de chaussures : elle avait jeté tout ce qui était en cuir !

Une fois dans la voiture, le contact mis, je me suis branché sur les infos trafic. Tout en tendant l'oreille pour savoir comment ça circulait dans le quartier où mon patron avait fait une réservation dans un restaurant de cuisine traditionnelle, j'ai attaché ma ceinture de sécurité et desserré le frein à main. Ma femme a pris place à mes côtés, dans son imperméable qui semblait exhaler l'air frais du dehors, puis elle a bouclé sa ceinture d'un geste malhabile.

— Je compte sur toi, ce soir. C'est la première fois que le patron invite un chef de service dans un dîner de couples. Cela veut dire qu'il m'apprécie.

En empruntant de petites rues et en roulant vite, j'ai réussi à arriver à temps au lieu du rendez-vous. C'était un restaurant avec des salles sur deux niveaux et un grand parking privé, qu'on devinait assez chic dès le premier coup d'œil.

Il régnait un froid d'arrière-saison et mon épouse, livrée sur ce parking au vent du soir, semblait frigorifiée dans son imperméable de printemps. Elle n'avait pas desserré les dents pendant tout le trajet, mais j'en avais l'habitude et je n'y avais pas prêté attention. J'ai étouffé sans trop de mal un vague malaise en me disant que c'était mieux ainsi, que les personnes âgées appréciaient ce genre de femme.

Le président, le directeur général et son adjoint étaient déjà là, accompagnés de leurs conjointes respectives. Le chef du département et son épouse sont

29

arrivés juste après nous. Après avoir échangé des saluts de la tête et des sourires avec l'assistance, ma femme et moi avons ôté nos manteaux et les avons accrochés à une patère. Sur l'invitation de l'épouse du président, dont les sourcils étaient soigneusement épilés et qui portait un collier orné d'une grande pièce de jade, nous nous sommes alignés de part et d'autre d'une longue table. Les autres semblaient bien connaître les lieux. Je me suis assis, tout en jetant un coup d'œil au plafond à arête et aux poissons rouges qui nageaient dans une vasque en pierre. Quand je me suis tourné vers ma femme, sans intention particulière, mon champ visuel s'est trouvé instantanément monopolisé par sa poitrine.

Elle portait un chemisier noir assez près du corps, qui laissait apparaître très nettement les contours des deux mamelons. Sans aucun doute possible, elle ne portait pas de soutien-gorge ! Me retournant pour juger de l'éventuel effet sur l'assistance, j'ai noté le regard de la femme du directeur adjoint. J'ai décrypté dans ses yeux, qui s'efforçaient de n'exprimer que le détachement, du mépris mêlé de curiosité, de stupéfaction et d'un brin de perplexité.

Je me suis senti rougir. J'ai tenté de garder mon calme, conscient de la présence à mes côtés de ma femme qui gardait un air absent et ne participait pas aux échanges mondains, et aussi de l'intérêt furtif dont elle était l'objet. J'ai jugé que le mieux pour moi était de me montrer le plus naturel possible.

— Avez-vous eu des difficultés pour trouver l'endroit ? m'a demandé la femme du président.

— J'étais déjà passé devant un jour. La cour m'avait paru si agréable que j'avais eu envie d'y entrer.

— Ah bon… Il est vrai que leur jardin est bien entretenu. C'est encore mieux dans la journée ; on voit des fleurs par cette fenêtre.

Quand on a servi les plats, le fil de cet effort que je maintenais péniblement s'est trouvé rompu.

Le premier plat était un *t'angp'yŏngch'ae*, un mélange délicat de gelée de gland coupée en fines lamelles, de champignons *shiitaké* et de viande de bœuf. Ma femme, qui jusque-là était restée muette, a chuchoté au serveur qui soulevait sa louche pour la servir :

— Non, merci.

Si bas qu'elle eût parlé, le son de sa voix a figé tout mouvement dans l'assistance. Tous les regards s'étant tournés vers elle, interrogatifs, ma femme a ajouté un peu plus haut :

— Je ne mange pas de viande.

— Ainsi, vous êtes végétarienne ? a demandé le président sur un ton bonhomme. On trouve à l'étranger des végétariens très stricts. J'ai l'impression que ça commence à prendre aussi chez nous. Surtout en ce moment ; la presse s'en prend tellement à la consommation de viande… Ce n'est pas étonnant que les gens qui veulent vivre longtemps décident de s'en passer !

— Tout de même, peut-on la supprimer complètement de son alimentation ? a protesté son épouse en souriant.

Tandis que l'assiette de ma femme restait d'un blanc immaculé, le serveur, avant de disparaître, a garni celles des neuf autres convives, dont le sujet de conversation s'était naturellement tourné vers le régime végétarien.

— On a récemment découvert un corps momifié vieux de cinq cent mille ans. On a trouvé à côté de lui des indices qui prouvaient qu'il chassait. Consommer de la viande relève de notre instinct, et ne manger que des végétaux y est contraire. Ce n'est pas naturel !

— Il paraît qu'il y a aussi à présent des gens qui suivent un régime végétarien à cause de la théorie des quatre constitutions[1]… Je me suis renseignée à plusieurs endroits pour savoir à quel type j'appartenais, mais on ne m'a jamais donné la même réponse ! Chaque fois, j'ai modifié mon alimentation, sans en être sûre… Je pense que le mieux, c'est de manger un peu de tout.

— C'est ce qu'il faut faire pour jouir d'une bonne santé, sans rien se refuser, ne croyez-vous pas ? C'est le signe d'une harmonie physique et mentale, a déclaré la femme du directeur général, qui lorgnait depuis un moment les seins de ma femme.

Puis, de façon plus indiscrète, elle lui a demandé :

— Et vous, pourquoi suivez-vous un régime végétarien ? Pour des raisons diététiques ? Ou religieuses ?

— Non.

Impassible, mon épouse s'est mise à parler comme

------

1. Médecine constitutionnelle élaborée par le Coréen Yi Che-ma (1837-1900), qui répartit les hommes selon quatre types d'habitus caractérisant la constitution physique et la physiologie. Une même pathologie appelle des soins différents selon le type auquel la personne appartient.

si elle n'avait pas compris la nature de la soirée. J'ai eu soudain la chair de poule, pressentant la suite de son discours.

— J'ai fait un rêve…

Je lui ai immédiatement coupé la parole :

— Ma femme a longtemps souffert de maux d'estomac. Cela l'empêchait d'avoir un sommeil profond. Un médecin traditionnel lui a conseillé de supprimer la viande et ça va beaucoup mieux depuis.

Tout le monde a alors hoché la tête.

— Eh bien, tant mieux. Je ne me suis jamais mise à table avec un authentique végétarien, mais ça doit être terrible de manger avec une personne qui vous regarde avec horreur consommer de la viande ! Quand on suit un régime végétarien pour des raisons d'ordre psychologique, je suppose qu'on éprouve de la répulsion pour le régime carné, n'est-ce pas ?

Quelqu'un a alors lancé :

— C'est sûrement le genre d'impression qu'on endure quand une femme vous regarde comme si vous étiez une bête pendant que vous vous régalez d'un poulpe qui remue encore et que vous enroulez autour de vos baguettes !

L'assistance a éclaté de rire et j'ai fait de même. Mais j'étais conscient du fait que ma femme, elle, ne riait pas. Que, sans prêter attention aux propos qui s'échangeaient, elle fixait les bouches luisantes d'huile de sésame. Que ça mettait tout le monde mal à l'aise.

Les plats suivants consistaient en poulet frit aux épices, puis en sashimi de thon. Pendant que tous se restauraient, mon épouse restait parfaitement immobile. Elle observait les lèvres des mangeurs et leurs moindres mouvements, comme si elle était prise du désir de les aspirer, ses deux mamelons semblables à deux glands bien visibles sous son chemisier.

De tout le menu, qui comportait une dizaine de plats, elle n'a pris que de la salade, du *kimch'i* et de la bouillie de potiron. Elle a même refusé le potage aux pâtes de riz gluant, au goût si délicat, sous prétexte qu'il était additionné d'un bouillon de viande ! Les autres poursuivaient leur conversation en ignorant de plus en plus sa présence. Quelques-uns d'entre eux, me prenant en pitié, m'interrogeaient de temps à autre, mais je me sentais rejeté, mis dans le même sac que ma femme.

On nous a servi des fruits en guise de dessert et elle a picoré un morceau de pomme et des quartiers d'orange.

— Vous n'avez pas faim ? Vous n'avez presque rien mangé !

C'est sur un ton courtois et chaleureux que l'épouse du président avait voulu lui exprimer avec délicatesse son intérêt. Sans sourire, ni rougir, ni même hésiter, ma femme a fixé sans répondre ce visage distingué. Ce regard avait de quoi gâcher l'humeur de toute l'assistance. Se rendait-elle compte de l'importance de ce dîner ? Savait-elle qui était cette dame d'âge mûr ? À cet instant, son cerveau, dont le fonctionnement me restait un mystère, m'est apparu comme une chausse-trappe sans fond.

*

Il faut faire quelque chose.

C'est ce que je me disais tout en conduisant, tandis que nous rentrions ce soir-là, avec l'impression d'avoir vécu un naufrage. Elle paraissait tranquille. Elle ne semblait pas être consciente des dégâts qu'elle venait de causer. Somnolente ou simplement fatiguée, elle appuyait sa tête contre la vitre. Vu mon caractère, en temps normal, j'aurais été fou de rage : «Tu veux me voir fichu à la porte ? Pourquoi t'as fait ça ?»

Mais je pressentais que tout cela n'avait aucun sens. Que ni la colère ni la sollicitude ne parviendraient à l'émouvoir. Nous n'en étions plus au stade où je pouvais arranger les choses.

Quand, après avoir fait sa toilette et enfilé sa chemise de nuit pendant que je faisais les cent pas dans le séjour, elle a gagné la chambre, j'ai décroché le téléphone. Depuis sa lointaine petite ville, ma belle-mère a répondu. Il était encore trop tôt pour que je l'aie réveillée, mais sa diction était un peu embrouillée :

— Tout va bien ? Ça fait longtemps que vous ne nous avez pas appelés !

— Je suis désolé. J'ai été très pris. Père se porte bien ?

— Oh, nous, c'est toujours pareil. Et le travail, ça va ?

Après avoir hésité, j'ai lâché :

— Moi, ça va. Mais ma femme…

— Yŏnghye ? Qu'est-ce qu'elle a ?

J'ai perçu de l'inquiétude dans sa voix. Il s'agissait malgré tout de son enfant, même si d'ordinaire elle ne semblait pas s'intéresser particulièrement à sa cadette.

— Elle ne mange plus de viande.

— Pardon ?

— Elle n'en mange plus du tout, elle se nourrit exclusivement de végétaux. Cela fait des mois que ça dure.

— Qu'est-ce que c'est que cette histoire ? Elle ne suit tout de même pas ce qu'on appelle… un régime amaigrissant ?

— En tout cas, j'ai essayé de la faire changer d'avis, mais sans succès. Ce qui fait que moi aussi, ça fait longtemps que je n'ai pas consommé de viande chez moi !

Ma belle-mère semblait interloquée. Profitant de son silence, j'ai enfoncé le clou :

— Vous ne pouvez pas savoir à quel point elle est affaiblie.

— Ça alors ! Passe-la-moi, si elle est là !

— Elle est partie se coucher. Je lui dirai de vous appeler demain matin.

— Non, laisse ! C'est moi qui l'appellerai. Mais qu'est-ce qui lui prend ? Je suis désolée pour toi.

Une fois cette conversation terminée, j'ai composé le numéro de ma belle-sœur. Son fils de quatre ans a crié au bout du fil :

— Allô ?

— Passe-moi ta mère !

Elle ressemblait à mon épouse, mais en plus jolie, avec de grands yeux et une féminité plus épanouie.

— Allô ?

Converser téléphoniquement avec cette femme qui parlait un peu du nez suscitait toujours en moi une légère excitation. Procédant de la même façon qu'avec sa mère, je l'ai informée sur le régime végétarien de ma femme et, quand j'ai reposé le combiné, j'avais obtenu le même ahurissement, les mêmes excuses et la même promesse. J'ai failli appeler dans la foulée le frère cadet de ma femme, mais j'y ai renoncé, en me disant que j'allais peut-être en faire un peu trop.

*

À nouveau j'ai fait un rêve.

Quelqu'un a commis un meurtre. Une autre personne a effacé toutes les traces du crime, mais j'ai oublié le reste en me réveillant. Étais-je l'assassin ou bien la victime ? Si j'étais l'assassin, qui était celle-ci ? Toi, peut-être ? C'était en tout cas quelqu'un qui m'était très proche. Ou bien était-ce toi qui m'avais tuée ? Qui avait camouflé les faits ? Non, sûrement pas toi, ni moi... C'était avec une pelle. Ça, j'en suis certaine. On avait fracassé le crâne à l'aide d'une grande pelle. L'écho sourd, l'impression d'élasticité au moment où le métal heurtait l'os...

Ce n'est pas la première fois que je fais ce rêve. Je l'ai déjà fait de nombreuses fois. Comme on se remémore d'autres scènes de soûlerie quand on est ivre, je revis mes anciens rêves en rêvant. Un nombre incalculable de fois, quelqu'un a tué quelqu'un. C'est loin, ça paraît presque insaisissable... Mais je m'en souviens, avec une lucidité effrayante.

Tu ne peux pas comprendre. J'ai toujours été prise de frayeur en voyant une personne découper quelque chose sur une planche. Même quand c'était ma sœur, ou ma mère. Je ne saurais expliquer pourquoi. Je détestais ça, je ne pouvais pas le supporter. Du coup, je me montrais particulièrement affectueuse à leur égard. Je ne suis pas en train de dire que l'assassin ou la victime, c'était ma sœur ou ma mère. Mais cette impression d'horreur, de saleté, d'atrocité, de cruauté m'est restée. L'impression d'avoir assassiné quelqu'un de mes propres mains, ou bien d'avoir été assassinée... Une sensation immuable et répugnante, qu'on ne pourrait pas éprouver si on n'avait pas vécu les faits soi-même. Tiède comme le sang qui n'a pas encore complètement refroidi.

D'où cela vient-il ? Tout me paraît étranger. On dirait que je suis de l'autre côté de quelque chose. Derrière une porte sans poignée. Ou bien ne fais-je que m'en rendre compte maintenant alors que c'est là que j'ai toujours été ? Il fait sombre. Tout est confus au sein de cette obscurité.

*

Décevant mes espoirs, cette double intervention n'a exercé aucune influence sur le régime alimentaire de mon épouse. Ma belle-mère m'appelait tous les week-ends :

— Elle ne mange toujours pas de viande ?

Même son mari, qui ne nous téléphonait jamais, l'a fait pour sermonner sa fille. Je l'entendais vociférer :

— Qu'est-ce qui te prend ? Admettons, pour ce qui te concerne, mais pense à ton mari, qui à son âge doit se donner à fond dans son travail !

38

Elle se contentait d'écouter sans piper mot.

— Pourquoi tu ne réponds pas ? Tu m'entends ?

Comme il y avait de la soupe qui commençait à bouillir dans la cuisine, elle s'y est rendue après avoir posé le téléphone sur la table – et n'est pas revenue. Ayant pitié de son père qui continuait à hurler dans le vide, j'ai saisi le combiné :

— Je vous demande pardon, père.

— Non, c'est moi qui suis désolé…

J'ai été surpris d'entendre dans la bouche de ce foudre de guerre ce qui ressemblait à des excuses, une première depuis mon mariage cinq ans auparavant. Les mots gentils, ce n'était pas son genre. Cet homme, dont la plus grande fierté était la décoration qu'il avait reçue pour sa conduite durant la guerre du Viêt Nam, parlait fort et avait une personnalité tout aussi forte. J'avais déjà eu droit deux ou trois fois à la rengaine commençant par : «Au Viêt Nam, je me suis payé sept Viêt-congs…» Ma femme disait qu'il lui avait fouetté les mollets jusqu'à l'âge de dix-huit ans !

— Le mois prochain, quand je monterai à Séoul, je lui parlerai face à face…

Au mois de juin, on célébrait l'anniversaire de ma belle-mère. Comme elle habitait loin, ses enfants qui vivaient dans la capitale se contentaient d'ordinaire de lui envoyer des cadeaux par la poste et de lui passer un coup de fil. Or il se trouvait que, cette année-là, début mai, ma belle-sœur avait emménagé dans un appartement plus grand. Mon beau-père avait donc décidé de venir, à la fois pour le visiter et pour fêter l'anniversaire de sa femme. Le rendez-vous, fixé au deuxième dimanche de juin, allait constituer une des rares grandes réunions de ma belle-famille. Si personne ne le disait explicitement, il semblait clair que chacun envisageait d'en profiter pour houspiller mon épouse.

Consciente ou non de ce qui l'attendait, elle a continué à se comporter au quotidien comme si de rien n'était. Mis à part le fait qu'elle évitait tout rapport avec moi – elle gardait carrément son jean au lit –, nous formions, du moins en apparence, un couple normal. À ceci près qu'elle maigrissait à vue d'œil et qu'au petit matin, quand je me redressais après avoir arrêté à tâtons la sonnerie du réveil, je la trouvais allongée comme un gisant, les yeux écarquillés dans le noir. Mes collègues avaient fait montre à mon égard d'une certaine méfiance suite à ce fameux dîner, mais tout semblait rentrer dans l'ordre grâce aux profits engendrés par le projet que j'avais réussi à monter.

Il m'arrivait même de me dire, me résignant à l'idée que j'étais marié à une femme un peu bizarre, que je pourrais continuer à vivre ainsi. En la considérant comme une étrangère, ou bien comme une sœur, ou une employée à domicile qui préparait mes repas et faisait le ménage. Mais j'étais encore jeune, j'avais connu une vraie vie conjugale, même si elle avait été dépourvue de passion, et cette abstinence prolongée était insupportable. Certains soirs, quand je rentrais tard après avoir dîné en compagnie d'autres personnes, désinhibé par l'alcool, je me jetais sur elle. Tandis que je lui ôtais son pantalon, immobilisant ses poignets pendant qu'elle se cabrait, je sentais monter en moi une excitation inattendue. Une fois sur trois, je réussissais à la pénétrer, tout en lui murmurant des obscénités dans l'oreille, tandis qu'elle se débattait violemment. Alors elle prenait un air absent et fixait le plafond dans le noir, comme si elle avait été une «femme de réconfort» amenée de force d'une contrée lointaine. Dès que j'en avais fini, elle se tournait sur le flanc et se cachait le visage sous la couverture. Après ma douche, je la retrouvais allongée, dans sa tenue habituelle, les yeux fermés, comme s'il ne s'était rien passé.

Chaque fois, j'étais mystérieusement saisi d'un mauvais pressentiment. Je suis plutôt du genre placide, dépourvu de toute intuition, mais l'obscurité et le silence qui régnaient dans cette pièce me donnaient des frissons. Le lendemain matin, quand je la voyais assise à table, les lèvres closes et les oreilles distraites, j'avais du mal à cacher ma répulsion. L'expression qu'elle arborait, celle de quelqu'un qui en a vu de toutes les couleurs en ce bas monde et que les vents et les lames ont ravagé, me mettait mal à l'aise, me faisait horreur.

La réunion de famille devait avoir lieu trois jours plus tard. Du fait d'une canicule prématurée, on avait dû mettre la climatisation en marche dans les grands immeubles et les boutiques. Je suis rentré chez moi exténué par l'air froid auquel j'avais été exposé toute la journée. Ouvrant la porte, j'ai vu Yŏnghye et j'ai précipitamment refermé derrière moi. L'appartement donnant sur un couloir commun, je craignais que des gens n'y passent à ce moment-là. Assise en train d'éplucher des pommes de terre, adossée au meuble de la télévision, elle portait pour tout vêtement un pantalon en coton gris clair ! Elle avait tellement maigri que ses seins ne formaient plus que deux petites bosses au-dessous de ses clavicules saillantes.

— Pourquoi t'es-tu déshabillée ? lui ai-je demandé en m'efforçant de sourire. La tête penchée, elle continuait à manier son couteau :

— J'ai chaud.

« Lève la tête », lui ai-je dit en moi-même, les dents serrées. « Lève la tête et souris. Montre-moi que tu plaisantes ! » Mais elle ne souriait pas. Il était vingt heures. La porte-fenêtre du balcon était ouverte. Il ne faisait pas tellement chaud dans l'appartement. Ses épaules avaient d'ailleurs la chair de poule. Les épluchures étaient entassées sur un journal à côté d'un amoncellement d'une trentaine de pommes de terre.

— Qu'est-ce que tu vas en faire ? l'ai-je interrogée, feignant le calme.

— Je vais les faire cuire à vapeur.

— Tout ça ?

— Oui.

Je me suis mis à rire en espérant qu'elle en ferait autant, mais il n'en a rien été. Elle ne m'a même pas adressé un regard.

— J'ai faim, c'est tout.

*

Quand je coupe la tête à quelqu'un dans mon rêve, quand je suis obligée de finir le travail en la tenant par les cheveux tandis qu'elle ne tient plus que par un lambeau de chair, quand je pose ses yeux glissants sur la paume de ma main, quand je me réveille, quand l'envie me prend de tuer le pigeon que je vois se dandiner sur l'appui de fenêtre, d'étrangler le chat du voisinage que je connais depuis longtemps, que je sens mes jambes fléchir et que je transpire, quand j'ai l'impression que je suis devenue quelqu'un d'autre qui jaillit du fond de moi pour me dévorer, à ces moments-là…

J'ai la bouche pleine de salive. Je suis obligée de contracter ma bouche en passant devant la boucherie. À cause de la bave qui monte depuis la racine de ma langue, qui me mouille les lèvres et… qui coule même entre elles.

*

Si seulement je pouvais dormir ! Si je pouvais me libérer de l'état de conscience ne serait-ce qu'une petite heure. La nuit, je me lève sans arrêt pour aller et venir dans l'appartement refroidi – comme du riz refroidi, comme de la soupe refroidie. Tout est noir de l'autre côté de la fenêtre. La porte bouge de temps à autre, mais ce n'est pas parce qu'on frappe. Je reviens au lit, je mets la main sous la couverture. Le drap est complètement refroidi.

*

Je ne peux pas dormir plus de cinq minutes. Dès que je perds conscience, c'est le rêve qui prend sa place. Non, on ne peut même pas appeler ça un rêve. Ma tête est *envahie par une série de petites scènes. Les yeux brillants d'une bête, l'image du sang, un crâne ouvert, à nouveau les yeux d'un fauve. On dirait qu'ils viennent de mon ventre. Quand je me réveille en tremblant, je vérifie que les ongles de mes mains sont toujours droits, que mes dents sont toujours inoffensives.*

La seule chose à laquelle je fais confiance, c'est ma poitrine. J'aime mes seins. Ils sont parfaitement innocents. Les mains, les pieds, les dents et la langue, même le regard sont des armes qui peuvent blesser, voire tuer. Mais pas les seins. Tant que je les ai, tout va bien pour moi. Pour le moment. Mais, je ne sais pas pourquoi, ils rapetissent. Ils ne sont même plus arrondis. Pourquoi ? Pourquoi est-ce que je maigris ainsi ? Qui vais-je piquer si je deviens de plus en plus pointue ?

*

L'appartement, situé au dix-septième étage, était orienté plein sud et très ensoleillé. Devant, la vue était bouchée par un autre immeuble, mais, par les fenêtres de derrière, on pouvait apercevoir une montagne au loin.

— Dorénavant, je ne me ferai plus de souci pour vous. Vous voilà bien installés à présent, a remarqué mon beau-père en levant sa cuillère.

Ils avaient acheté ce logement grâce aux bénéfices que faisait le magasin de produits de beauté que ma belle-sœur possédait déjà avant son mariage. Jusqu'à ce qu'elle soit en fin de grossesse, elle y avait fait

44

faire à trois reprises des travaux d'agrandissement. Après l'accouchement, elle ne l'avait plus ouvert que quelques heures le soir, mais, nous a-t-elle appris, elle y travaillait à nouveau toute la journée depuis qu'elle avait pu confier à un jardin d'enfants son fils, à présent âgé de trois ans.

J'enviais son mari. Il se disait artiste parce qu'il avait fait les beaux-arts, mais il n'était pas d'un grand secours à sa famille. Certes, il avait fait un héritage, mais pas de quoi le dispenser de travailler. Grâce à sa femme, qui avait retroussé ses manches, il pouvait désormais mener une vie insouciante et se consacrer entièrement à son art. Qui plus est, elle cuisinait bien, comme mon épouse autrefois. Devant le déjeuner parfait qu'elle avait préparé, je me suis soudain senti pris de fringale. Son corps bien en chair, juste comme il fallait, sa façon aimable de parler, ses grands yeux aux paupières plissées faisaient naître en moi le regret de ce que j'avais perdu.

Ma femme n'avait pas fait un seul compliment sur l'appartement ni sur le déjeuner et se contentait de manger du riz et du *kimch'i*. Elle n'avait d'ailleurs pas le choix : comme elle refusait aussi la mayonnaise, à cause des œufs qui entraient dans sa composition, elle ne touchait même pas à la salade, qui semblait pourtant très appétissante.

Sa perpétuelle insomnie avait quasiment carbonisé son visage. Un étranger l'aurait crue atteinte d'une maladie grave. Fidèle à son habitude, elle ne portait rien sous son T-shirt blanc qui offrait à un regard attentif la vision des deux taches marron clair de ses mamelons. À peine étions-nous entrés que ma belle-sœur l'avait entraînée dans sa chambre; vu son air embarrassé quand elle en était ressortie en la précédant, ma femme avait dû refuser le soutien-gorge qu'elle lui avait probablement proposé.

— Vous l'avez payé combien, cet appartement?

— Ah bon? Hier j'ai consulté un site Internet sur l'immobilier. Ça veut dire que vous avez déjà gagné cinquante millions de wons! Il paraît qu'en plus, les travaux de construction du métro seront achevés l'année prochaine.

— Bien joué, beau-frère!

— Je n'y suis pour rien! C'est mon épouse qui s'est occupée de tout.

Pendant ces quelques échanges à la fois conventionnels, familiers et terre à terre, les enfants se goinfraient tout en caquetant et en se chamaillant. J'ai demandé à ma belle-sœur:

— Tu as cuisiné tous ces plats toi-même?

Elle a esquissé un léger sourire:

— Je les ai préparés petit à petit, en m'y mettant avant-hier. Les huîtres, je les ai achetées et assaisonnées exprès pour Yŏnghye parce qu'elle aime ça... Mais elle n'y touche même pas!

J'ai retenu mon souffle. Enfin, nous y étions.

— Écoute, Yŏnghye! Je croyais pourtant avoir été clair! s'est écrié mon beau-père.

Ma belle-sœur a pris le relais:

— C'est quoi, ton but? Tout le monde a besoin de se nourrir... Si tu veux être végétarienne, il faut équilibrer ton alimentation. Tu t'es regardée dans une glace?

L'épouse du frère de ma femme a renchéri :

— Je ne l'ai pas reconnue ! J'avais entendu parler de ce qui se passait, mais je ne savais pas que le régime végétarien qu'elle suit lui esquintait la santé !

Et ma belle-mère de déclarer, tout en rapprochant de sa fille des plats de porc aigre-doux, de poulet à la vapeur et de poulpes aux vermicelles :

— Fini le régime végétarien ou quel que soit son nom ! Ça, ça et ça... Mange-moi tout ça ! Et vite ! On ne se laisse plus crever de faim de nos jours !

— Qu'est-ce que tu attends ? Allez, mange ! a insisté mon beau-père d'une voix qui évoquait le tonnerre d'une locomotive.

Ma belle-sœur, plus calmement, a repris son discours :

— Mange, Yŏnghye ! Ça te donnera des forces. Et il en faut, tant qu'on est en vie. Les moines, ils peuvent tenir bon parce qu'ils mènent une vie ascétique à l'écart du monde.

Les enfants ont fixé mon épouse en écarquillant les yeux, avec l'air de se demander quelle était la cause de cette soudaine agitation. Elle a promené sur l'assistance un regard vide.

Il régnait un silence tendu. J'ai observé tour à tour le visage buriné de mon beau-père, celui de ma belle-mère, aux yeux si bienveillants, si ridée qu'il était difficile de croire qu'elle avait été jeune un jour, les sourcils froncés de notre hôtesse, qui semblait inquiète, son mari qui se cantonnait dans le rôle de spectateur, le frère de ma femme et sa moitié, qui affichaient un air mécontent même s'ils restaient en retrait. Je pensais que mon épouse allait dire quelque chose, mais, en guise de réponse au message implicite que lui adressaient tous les regards braqués sur elle, elle s'est contentée de reposer sa cuillère sur la table.

De petits remous ont agité la compagnie. Ma belle-mère a saisi à l'aide de baguettes un morceau de porc aigre-doux qu'elle a approché de la bouche de sa fille :

— Allez, dis « aaa » ! Mange !

Les lèvres serrées, celle-ci l'a dévisagée en semblant se demander ce qui se passait.

— Ouvre la bouche ! Tu n'aimes pas ? Alors, prends plutôt ça !

Elle lui proposait cette fois-ci du bœuf poêlé. Puis, comme ça ne marchait pas non plus, elle a essayé les huîtres :

— Déjà toute petite, tu en raffolais ! Tu as même dit un jour que tu voulais en manger jusqu'à en avoir la nausée !

— Je m'en souviens, moi aussi. C'est pour ça que quand je vois des huîtres, je pense toujours à Yŏnghye, a renchéri sa sœur, comme pour signifier que refuser même des huîtres était doublement grave.

Voyant les baguettes se rapprocher de plus en plus de sa bouche, Yŏnghye a reculé.

— Mange ! Je commence à avoir mal au bras !

Et en effet, le membre en question tremblait. Ma femme a fini par se lever :

— Je n'en mangerai pas, a-t-elle dit à haute et intelligible voix.

— Quoi ? se sont écriés en chœur son père et son frère, qui avait hérité du caractère paternel irascible,

48

mais son élan a été freiné par son épouse qui l'a retenu par le bras.

— J'ai l'impression que je vais exploser, à voir ça ! Tu te fiches de moi, ton père ? Je t'ai dit de manger, alors mange !

Je m'attendais à ce qu'elle lui réponde quelque chose comme : « Désolée, père. Mais je n'y arrive pas. » Au lieu de quoi, sans afficher le moins du monde un air coupable, elle a déclaré d'une voix neutre :

— Je ne mange pas de produits animaux.

Visiblement désespérée, sa mère a laissé retomber sa main. Les traits bouleversés de la vieille dame laissaient présager des sanglots imminents. Il régnait un silence lourd de menaces. Mon beau-père s'est emparé de ses baguettes, a saisi un morceau de porc, fait le tour de la table et s'est planté à côté de sa fille.

Il avait un corps robuste que toute une vie de labeur avait endurci, mais que l'âge avait tout de même courbé. Il a présenté la viande devant le visage de Yŏnghye :

— Mange ! Obéis à ton père et mange ! Je te dis ça dans ton intérêt. Tu vas finir par tomber malade !

Cette manifestation d'amour paternel m'a ému et je me suis senti des picotements dans les yeux. Les autres devaient éprouver la même chose. Ma femme a repoussé de la main les baguettes, qui oscillaient doucement dans le vide :

— Père, je ne mange pas de viande.

À ce moment-là, la main rugueuse de l'homme a fendu l'air et Yŏnghye a couvert sa joue de la sienne.

— Père ! a hurlé ma belle-sœur en retenant le bras du vieil homme dont les lèvres frémissaient de colère.

J'avais entendu parler du fichu caractère qu'il avait dans sa jeunesse, mais c'était la première fois que j'étais témoin d'un acte de violence de sa part.

— Chŏng ! Yŏngho, toi aussi ! Venez ici tous les deux !

Tout en hésitant, je me suis approché. Il avait frappé si fort qu'on pouvait voir des veines se détacher sur la peau rougie. Elle haletait, comme si elle venait d'être enfin tirée de sa léthargie.

— Vous deux, tenez-la par les bras !

— Pardon ?

— Si elle en prend une fois, elle va recommencer à manger normalement. Qui ne mange pas de viande, de nos jours ?

Son fils s'est levé, l'air mécontent :

— Allez, mange, grande sœur ! C'est pas compliqué : tu dis oui et tu fais semblant de manger, au lieu de provoquer notre père !

Mon beau-père s'est exclamé :

— Qu'est-ce que tu racontes ? Allez, tiens-la ! Toi aussi, Chŏng !

— Père, qu'est-ce qui vous prend ?

Sa fille aînée essayait de retenir son bras droit, mais il a jeté les baguettes, saisi un morceau de bœuf avec les doigts et s'est approché de sa fille. Elle reculait en titubant, mais Yŏngho l'a ramenée à sa place :

— Grande sœur ! Mange, s'il te plaît ! Prends-le et mange !

Ma belle-sœur a supplié :

— Père, arrêtez, je vous en supplie !

Yŏngho était assez fort pour immobiliser ma femme. Par contre, sa sœur ne l'était pas assez pour arrêter leur père qui l'a repoussée et a approché la viande des lèvres de Yŏnghye, qui les a serrées en gémissant. Elle était dans l'impossibilité de protester, ne pouvant ouvrir la bouche sans prendre le risque d'y voir introduire la bouchée.

— Père ! a crié Yŏngho, dans l'espoir de le dissuader, tout en maintenant sa prise sur sa sœur.

— Huum… Hum ! bredouillait-elle en se débattant tandis que le vieux lui écrasait la nourriture sur la bouche.

Celle-ci a finalement cédé, mais pas les dents, bloquées à mort.

La colère le submergeant, le vieil homme l'a à nouveau giflée.

— Père !

Sa fille aînée a foncé et l'a ceinturé, mais il a profité de ce que la bouche était entrouverte pour y enfourner le morceau. Comme Yŏngho relâchait son étreinte, ma femme l'a recraché en rugissant. Elle a poussé un cri animal :

— Écartez-vous !

Elle a d'abord semblé vouloir fuir du côté de l'entrée, mais est revenue sur ses pas et s'est emparée d'un couteau qui se trouvait sur la table.

— Yŏ… Yŏnghye !

Un filet de voix frêle et tourmentée, celle de ma belle-mère, s'est détaché dans un silence glacial. À ce moment, les enfants ont laissé exploser les sanglots qu'ils avaient jusqu'à alors retenus.

Après avoir regardé successivement dans les yeux, sans dire un mot, tous ces gens qui la fixaient, elle a levé la lame.

— Empêchez-la !

— Écartez-vous !

Du sang a jailli de son poignet, retombant en une pluie de gouttelettes sur une assiette blanche. C'est le mari de ma belle-sœur, resté jusque-là à l'écart du conflit, qui lui a fait lâcher le couteau. Elle est tombée à genoux.

— Qu'est-ce que vous attendez ? Apportez-moi une serviette !

Fort de son expérience dans les commandos, il a pansé la blessée, l'a chargée sur son dos et m'a ordonné :

— Va à ta voiture et mets le contact !

J'ai cherché mes chaussures, que j'ai fini par retrouver après m'être trompé deux fois de paire[1].

*

... Le chien qui m'a mordu la jambe est attaché à la moto de mon père. Sous le bandage, on a collé sur la morsure des poils de sa queue, passés au feu. Je me tiens devant le portail. J'ai neuf ans. C'est un jour de grande chaleur. La sueur coule, même lorsqu'on reste parfaite-

---

1. En Corée, il est d'usage de se déchausser lorsqu'on entre dans un logis.

ment immobile. La langue rouge du chien pend sur son menton. Il halète. C'est un beau chien nommé Blanc, plus costaud que moi. Tout le monde louait son intelligence, jusqu'au jour où il a mordu la fille de son maître.

Mon père m'a dit qu'il ne le suspendrait pas à un arbre au-dessus d'un feu pour le battre. Il a entendu dire qu'un chien traîné à mort donnait une viande plus tendre. Alors il fait démarrer sa moto, commence à rouler en tirant l'animal. Il fait deux tours, trois tours du quartier, en empruntant toujours le même trajet. Immobile, debout devant le portail, je regarde passer Blanc qui s'épuise de plus en plus et halète, les yeux exorbités. Chaque fois que nos regards se croisent, j'écarquille un peu plus les yeux.

Tu m'as mordue, sale chien !

Au cinquième tour, il commence à écumer. De son cou auquel la laisse est attachée coule du sang. Il court, il se fait traîner, tout en gémissant de douleur. Au sixième tour, il crache un sang noirâtre qui dégouline aussi de son cou. J'observe le sang mousseux et ses yeux qui brillent. J'attends de le voir réapparaître après le septième tour, quand je l'aperçois suspendu à l'arrière de la moto. J'observe tout... Les quatre pattes agitées de spasmes, les yeux ouverts striés de sang.

Ce soir-là, il y a une fête chez nous. Tous les hommes du marché que je connais sont réunis. Comme on m'a dit que je devais en manger moi aussi pour guérir ma morsure, j'en prends une cuillerée. Non, pour dire la vérité, j'en vide tout un bol, mélangé avec du riz. L'odeur de la viande que le parfum du sésame n'a pas réussi à couvrir agresse mon nez. Par-dessus la mixture, je vois appa-

raître ces yeux qui me regardaient tandis qu'il galopait
tout en crachant un sang mousseux. Ça ne me fait rien.
Vraiment rien du tout.

*

Laissant les enfants désemparés aux soins des
femmes et ma belle-mère évanouie à ceux de son fils,
nous sommes partis tous les deux pour conduire ma
femme aux urgences de l'hôpital le plus proche. C'est
seulement après les premiers soins, quand elle a été
transférée dans une chambre double, que nous avons
pris conscience des taches de sang sur nos vêtements.

Elle dormait, sous perfusion. Mon beau-frère et
moi-même fixions son visage sans mot dire. Comme
si nous allions y lire une explication. Comme si nous
allions pouvoir la déchiffrer, à force de le regarder.

— Tu peux partir, ai-je dit à mon beau-frère.

— Bon.

Il semblait sur le point de dire quelque chose, mais
il s'est abstenu. J'ai sorti l'argent qui était dans ma
poche, deux billets de dix mille wons que je le lui ai
tendus :

— Ne rentre pas comme ça. Achète-toi une chemise.

— Et toi ? Bof, ma femme t'amènera des vêtements
à moi quand elle passera prendre des nouvelles tout à
l'heure.

Elle est arrivée vers le soir, accompagnée de son
frère et de son épouse. Son père, a-t-elle dit, se repo-
sait, afin de retrouver son calme. Yŏngho a ajouté que

54

sa mère voulait à tout prix venir, mais qu'on lui avait dit qu'il ne fallait même pas y penser.

— Quelle honte ! Devant les enfants ! a déclaré sa femme.

Elle avait dû pleurer, car elle avait les yeux gonflés et son maquillage était parti.

Elle a ajouté :

— Père est allé trop loin, lui aussi. Frapper sa fille devant son mari ! Il a toujours été comme ça ?

— C'est un homme irascible… Tu n'as qu'à regarder ton mari ! Cela dit, il s'était calmé, avec l'âge, a répondu l'aînée.

— Qu'est-ce que j'ai à voir là-dedans ? a protesté son frère.

— Il a dû être choqué par l'attitude de Yŏnghye. Elle si docile, d'habitude !

— C'est indécent de vouloir forcer quelqu'un à manger de la viande, mais ça ne l'est pas moins de résister à ce point ! Et puis, pourquoi aller jusque-là, avec un couteau ? Je n'avais encore jamais vu ça de ma vie. Comment pourrai-je la regarder, à l'avenir ?

Confiant ma femme à sa sœur, j'ai enfilé un T-shirt de son mari et me suis rendu dans un sauna proche. Le sang séché s'est dilué dans l'eau tiède de la douche. Des regards soupçonneux pesaient sur moi. J'avais la nausée. Tout dans cette affaire m'horripilait. C'était surréel. Ni choqué ni perplexe, ce que j'éprouvais à l'égard de mon épouse, c'était surtout du dégoût.

Lorsque sa sœur a été partie, je suis resté dans la chambre double que Yŏnghye partageait avec une lycéenne qui souffrait d'un éclatement de l'intestin, et dont les parents étaient présents. Je me tenais au chevet de ma femme, tout en étant conscient de leurs regards, de leurs murmures. Ce long dimanche allait se terminer, ce serait bientôt lundi. Alors, je n'aurais plus à supporter sa vue. Le lendemain, ma belle-sœur allait me remplacer, mais le surlendemain, Yŏnghye quitterait l'hôpital – ce qui signifiait que j'aurais à nouveau à me retrouver seul en tête à tête avec cette femme bizarre et effrayante. J'avais du mal à accepter cette perspective.

Le lendemain soir, vers neuf heures, je suis revenu à l'hôpital. Ma belle-sœur m'a accueilli en souriant :

— Pas trop fatigué ?

— Et Chiu ?

— Son papa s'en occupe à la maison.

S'il y avait eu le moindre pot prévu avec des collègues, je ne serais pas revenu à l'hôpital à cette heure-là. Mais c'était lundi et il n'y en avait aucun. Le principal projet ayant été bouclé peu de temps auparavant, je n'avais même plus à travailler la nuit.

— Et ma femme ?

— Elle a dormi. Elle ne parle pas. Elle a bien mangé… Je pense que ça va aller.

Sa façon posée de parler, qui m'avait toujours ému, a un tant soit peu calmé mes nerfs à cran. Quelque temps après son départ, alors que je dénouais ma cravate pour faire un brin de toilette, on a frappé à la porte.

C'était ma belle-mère, qui n'était pas supposée venir.

— Je suis vraiment désolée…

Tels ont été ses premiers mots.

— Vous n'y êtes pour rien. Comment vous sentez-vous ?

Elle a poussé un long soupir.

— Quel malheur, à notre âge !

Elle m'a tendu un sac en papier.

— Qu'est-ce que c'est ?

— J'avais apporté ça de province. Je m'étais dit qu'elle devait être affaiblie, si elle n'avait pas mangé de viande depuis plusieurs mois… C'est pour vous deux. C'est fabriqué à partir d'une chèvre noire. Je l'ai pris en cachette, de peur que la mère de Chiu m'en empêche. Fais-en boire à Yŏnghye en lui expliquant que c'est un remède traditionnel. Il y a plein de plantes médicinales dedans et ça ne sent pas mauvais. Elle avait déjà l'air d'un squelette, mais en plus, elle a perdu du sang…

Cette démonstration d'amour maternel m'a impressionné.

— Il n'y a pas de four à micro-ondes dans la chambre ? Je vais aller demander à une infirmière.

Elle est sortie en emportant un des sachets que contenait le sac. Mon cœur, un peu apaisé grâce à ma belle-sœur, s'est remis à battre la chamade et j'ai roulé la cravate dans ma main. Peu après, ma femme s'est réveillée. Comme je m'étais dit qu'il valait mieux que je ne sois pas seul à ce moment-là, je me suis senti soulagé en voyant réapparaître ma belle-mère.

M'ignorant alors que j'étais assis à l'extrémité du lit, c'est d'abord elle que ma femme a regardée. La vieille dame était visiblement heureuse de voir qu'elle s'était éveillée, mais l'expression de sa fille était indéchiffrable. Grâce à son somme, qui avait duré presque toute une journée, à la perfusion ou à une certaine bouffissure, son visage semblait plus plein que d'ordinaire.

Tenant un gobelet d'où s'échappait de la vapeur, ma belle-mère s'est emparée d'une de ses mains :

— Toi alors…

Des larmes mouillaient ses yeux.

— Bois ça ! Regardez-moi cette tête !

Ma femme a pris le gobelet sans rechigner.

— C'est un remède traditionnel. Je l'ai fait faire exprès pour toi. Tu en avais déjà fait une cure avant ton mariage.

Ma femme a approché le breuvage de son nez, puis secoué la tête :

— Ce n'est pas un médicament.

Et elle l'a tendu vers sa mère. Son visage était calme et triste, ses yeux exprimaient quelque chose qui ressemblait à de la compassion.

— Mais si ! Bouche-toi le nez et bois !

— Non.

— Si ! C'est moi, ta mère, qui te le demande. Après tout, on respecte bien les dernières volontés d'un mort !

Elle a de nouveau approché le récipient de la bouche de ma femme.

— C'est vraiment un médicament ?

— Mais oui !

Après avoir hésité, elle s'est bouché le nez, puis a bu une gorgée du liquide noirâtre. Radieuse, sa mère l'encourageait : « Encore un peu, encore un peu ! » Ses yeux scintillaient sous ses paupières flétries.

— Plus tard… Je le boirai plus tard.

Elle s'est à nouveau allongée.

— Tu veux manger ? Tu veux que j'aille acheter quelque chose de sucré ?

— Non, merci.

Néanmoins, la vieille dame est sortie à la hâte de la chambre, après m'avoir demandé de lui indiquer où elle pouvait trouver une boutique. Ma femme a rejeté la couverture et a posé ses deux pieds sur le sol.

— Où vas-tu ?

— Aux toilettes.

Je l'ai suivie en tenant la poche de perfusion. Elle m'a fait sortir après que je l'ai accrochée à l'intérieur des toilettes, puis elle a verrouillé la porte. Elle a vomi en poussant de légers gémissements jusqu'à ce que son estomac soit vide.

Elle est sortie d'un pas chancelant, environnée de relents acides de nourriture. Comme je ne l'aidais pas à le faire, elle tenait la poche de sa main gauche bandée. Pas assez haut, si bien que le flux s'est inversé dans le tuyau et que du sang a commencé à y couler. Elle a marché en traînant les pieds vers le sac que sa mère avait laissé et qui contenait de l'extrait de chèvre noire. Elle l'a pris de sa main droite – celle qui était sous perfusion, mais elle n'y a pas pris garde. Elle est sortie de la chambre. Je n'avais pas envie de savoir ce qu'elle avait l'intention d'en faire.

Peu après, ma belle-mère a ouvert la porte à la volée, avec un tel vacarme que la lycéenne et sa mère ont froncé les sourcils. Elle tenait d'une main un sachet de biscuits et de l'autre le sac. Un seul coup d'œil suffisait pour comprendre la nature du liquide noir qui le maculait.

— Pourquoi l'as-tu laissée faire ? Tu as pourtant dû te douter de ce qu'elle mijotait ?

J'avais envie de m'en aller, de rentrer chez moi.

— Tu jettes une chose comme ça ? Tu sais combien ça coûte ? Cet argent, c'est le sang et la sueur de tes parents. Après ça, tu peux encore dire que tu es ma fille ?

Ma femme se tenait dans l'embrasure de la porte, les épaules voûtées. Un filet de sang était apparu dans la poche de perfusion.

— Regarde-toi donc ! Si tu ne manges pas de viande, ce sont les autres qui vont te bouffer ! Regarde-toi dans un miroir ! Regarde ton visage !

La voix aiguë de ma belle-mère s'est éteinte dans un sanglot étouffé.

Passant devant elle comme si elle ne la connaissait pas, sa fille a grimpé sur son lit. Elle a remonté la couverture sur sa poitrine, puis a fermé les yeux. Ce n'est qu'à ce moment-là que j'ai soulevé la poche, qui était à moitié remplie de sang.

*

J'ignore pourquoi cette femme pleure. Ni pourquoi elle dévore mon visage du regard. Ni même pourquoi elle caresse mon poignet bandé de sa main tremblante.

Mon poignet ne me fait pas mal. C'est mon cœur qui

souffre. Quelque chose est bloqué au niveau de mon épigastre. Je ne sais pas ce que c'est. C'est toujours là. À présent je le sens même quand je ne porte pas de soutien-gorge. J'ai beau pousser un long soupir, ça ne me libère pas la poitrine.

Des cris, des rugissements s'y sont accumulés, incrustés. C'est à cause de la viande. J'en ai trop mangé. Toutes ces vies sont coincées là. J'en suis sûre. Le sang et la chair sont digérés, dispersés aux quatre coins du corps, le reste est évacué, mais les vies restent farouchement accrochées dans mon estomac.

Une fois, une seule fois, j'aimerais pousser un grand cri. J'aimerais sortir en courant dans l'obscurité, de l'autre côté de la fenêtre. Cela pourrait-il évacuer cette masse ? Est-ce que c'est possible ?

Personne ne peut m'aider.

Personne ne peut me sauver.

Personne ne peut me faire respirer.

*

Quand je suis revenu après avoir mis ma belle-mère dans un taxi, la chambre d'hôpital était plongée dans l'obscurité. La lycéenne et sa mère, abasourdies par la scène, avaient apparemment préféré se coucher tôt en éteignant la lumière et la télévision et en tirant le rideau. Ma femme dormait. Je me suis allongé comme j'ai pu sur un lit d'appoint et j'ai essayé d'en faire autant. Je ne savais pas par où commencer, je n'arrivais pas à trouver un fil conducteur pour donner un sens à tout cela. J'avais en tout cas une certitude : une telle chose n'aurait pas dû m'arriver.

Dans mon demi-sommeil, j'ai fait un rêve. J'étais en train de tuer quelqu'un. J'avais enfoncé un couteau dans son ventre que j'avais ouvert en y mettant toutes mes forces et j'en avais extrait les intestins. J'avais découpé la chair et les muscles pour ne laisser que le squelette, comme pour un poisson. Mais au réveil, j'ai été incapable de me rappeler qui j'avais assassiné.

Il faisait encore nuit. Saisi par une étrange impulsion, j'ai soulevé la couverture qui couvrait ma femme. J'ai tâté dans l'obscurité. Je ne sentais ni mare de sang ni intestins étalés. Alors que nos voisines respiraient bruyamment, Yŏnghye était étonnamment paisible. Parcouru par un étrange frisson, j'ai tendu l'index pour l'approcher de ses narines. Elle n'était pas morte.

Quand je me suis à nouveau réveillé, il faisait grand jour.

— Vous dormiez si bien… Vous n'avez même pas entendu qu'on apportait des plateaux-repas, m'a dit la mère de la lycéenne.

Elle semblait avoir pitié de moi. On les avait posés sur le lit. Ils étaient intacts et ma femme n'était pas là. Elle avait arraché de son bras l'aiguille qui pendait au bout du tuyau, tachée de sang.

— Où est-elle partie ? ai-je demandé en essuyant de la bave aux commissures de mes lèvres.

— Quand je me suis levée, elle n'était déjà plus là.

— Quoi ? Vous auriez dû me réveiller.

— Vous dormiez si bien… Et puis je me suis dit qu'il devait y avoir une raison…

La jeune mère a rougi, gênée et légèrement vexée.

Après avoir réajusté mes vêtements, je me suis hâté hors de la chambre. J'ai regardé partout, dans le couloir et devant l'ascenseur, mais elle n'était pas là. J'étais agacé. J'avais prévenu ma boîte que j'allais arriver avec deux heures de retard, le temps qu'il fallait pour les formalités de sortie. J'avais l'intention de proposer à Yŏnghye, sur le chemin de retour, de faire comme si, pour le moment, nous avions fait un rêve – et d'essayer de m'en convaincre moi-même.

J'ai gagné le rez-de-chaussée par l'ascenseur. Elle n'était pas là non plus. Dans la cour où je me suis précipité en regardant partout autour de moi se trouvaient des patients qui avaient fini leur petit déjeuner et étaient venus là pour goûter ce bref moment de fraîcheur. C'étaient sans doute des gens hospitalisés depuis longtemps, car s'ils avaient l'air fatigué et triste, ils laissaient également paraître une sorte de sérénité. Arrivant près d'une fontaine dont l'alimentation était coupée, j'ai vu un attroupement d'où s'échappaient des murmures. Je me suis frayé un passage entre les gens.

Ma femme était assise sur un banc. Elle avait ôté la blouse de l'hôpital, offrant ainsi à la vue de tous ses maigres clavicules, ses seins rabougris et leurs mamelons marron clair. Elle avait aussi enlevé le bandage de son poignet gauche et était en train de lécher lentement l'endroit où avait été enfoncée l'aiguille, comme si le sang en coulait encore. Un rayon de soleil caressait son corps dénudé et son visage.

— Depuis quand est-elle là ?

— Mon Dieu… Apparemment, elle vient du service de psychiatrie. Elle est pourtant jeune…

— Qu'est-ce qu'elle tient dans la main ?

— Rien, je crois.

— Si, on dirait qu'elle a quelque chose.

— Ah, regardez ! Ils arrivent.

Je me suis retourné et j'ai vu approcher un infirmier à l'air grave, accompagné d'un vigile d'un certain âge.

J'observais la scène tel un étranger, comme si j'étais un badaud. Je contemplais les traits de mon épouse, qui semblaient las, sa bouche souillée de sang qui donnait l'impression qu'on avait écrasé du rouge à lèvres dessus. Ses yeux humides et brillants, qui dévisageaient distraitement ceux qui l'entouraient, ont croisé mon regard.

«Je ne la connais pas», me suis-je dit – et c'était vrai. Ce n'était pas un mensonge. Cependant, mon sens des responsabilités a joué malgré moi et je me suis vu m'avancer en forçant mes jambes à se mouvoir.

— Qu'est-ce que tu fais, chérie ? ai-je murmuré.

J'ai pris la blouse posée sur ses genoux et j'ai caché ses pauvres seins.

— J'avais chaud…

Elle souriait vaguement. C'était un sourire simple, bien à elle, que je croyais familier.

— Je l'ai enlevée parce que j'avais chaud.

De sa main gauche, elle a fait écran au rayon de

soleil qui baignait son front, découvrant ainsi l'entaille sur son poignet.

— Je n'aurais pas dû ?

J'ai desserré les doigts de son autre main, qu'elle gardait fermée. Un oiseau, dont elle pressait le cou entre le pouce et l'index, est tombé sur le banc. C'était un oiseau à lunettes qui avait perdu quelques plumes. Il avait visiblement été férocement mordu par un prédateur et son corps était taché de sang.

LA TACHE MONGOLIQUE

*

La scène a disparu derrière un épais rideau violet. Les danseurs à moitié nus ont énergiquement agité la main tant qu'ils ont été exposés aux yeux des spectateurs. Ceux-ci acclamaient, criaient «bravo!», mais il n'y a pas eu de rappel. L'exaltation est brusquement retombée et les gens ont gagné les issues après avoir ramassé leurs affaires. Il a déplié ses jambes, lui aussi, puis s'est levé. Il n'avait pas du tout participé aux ovations, qui avaient duré quelque cinq minutes. Les bras croisés, il avait fixé les lèvres et les yeux qui en redemandaient des artistes assoiffés de reconnaissance. Il ressentait de la sympathie et du respect pour les efforts qu'ils avaient fournis, mais ne voulait pas que le chorégraphe puisse croire que lui l'applaudissait.

En traversant le hall, il a dit adieu aux affiches du spectacle, désormais inutiles. Il était tombé sur l'une d'entre elles dans une librairie du centre-ville et il en avait eu des frissons. Quand il avait décroché le téléphone, il se demandait avec angoisse s'il resterait des places pour la dernière représentation – celle à laquelle il venait précisément d'assister. La photo sur l'annonce montrait un homme et une femme dénudés, vus de dos, assis et penchés en avant. Sur leur corps, de la nuque aux hanches, étaient dessinés des fleurs rouges ainsi que des tiges et un abondant feuillage vert. Devant cette image, il s'était senti à la fois effrayé et excité, presque fasciné. Il n'en croyait pas ses yeux : la vision qui l'obsédait depuis un an avait été matérialisée par quelqu'un – un chorégraphe en l'occurrence – qu'il ne connaissait pas du tout. Allait-il assister à la concrétisation de son fantasme ? Il était si tendu en attendant que la lumière s'éteigne et que le spectacle commence qu'il aurait été incapable d'avaler ne fût-ce qu'une gorgée d'eau.

Mais il avait été déçu. Se frayant un chemin parmi des gens du métier, professionnels à paillettes qui péroraient, il s'est dirigé vers la sortie qui donnait sur un accès direct au métro. Il n'avait pas trouvé ce qu'il recherchait dans la musique synthétique, les costumes somptueux, la nudité gratuite et les mouvements provocants des corps qui, quelques instants auparavant encore, avaient occupé la scène. Il aspirait à quelque chose de plus calme, de plus secret, de plus séduisant et de plus profond.

Il n'y avait pas beaucoup de monde dans la rame en cet après-midi dominical. Il se tenait près d'une porte avec, à la main, le programme dont la couverture était ornée de la même photo que celle de l'affiche. Sa femme et son fils, qui avait cinq ans, l'attendaient chez eux. Il avait consacré presque une journée entière à ce spectacle, tout en sachant qu'un week-end en famille aurait fait plaisir à son épouse. Y avait-il gagné quelque chose ? Rien que du désenchantement et la prise de conscience de ce qu'il lui fallait passer lui-même à la réalisation. Qui d'autre aurait pu faire naître ce dont il rêvait ? Il avait éprouvé la même amertume lorsqu'il avait découvert dans une exposition, quelque temps auparavant, l'œuvre vidéo d'un artiste japonais. Celle-ci mettait en scène une partouze, une dizaine de femmes et d'hommes nus et recouverts de peinture multicolore explorant mutuellement leurs corps au son d'une musique psychédélique. Tels des poissons jetés hors de l'eau et luttant contre l'asphyxie, ils se livraient à des ébats convulsifs. Il avait bien sûr la même soif d'oxygène, mais il ne voulait pas en faire parade de cette façon. Non, ce n'était pas ça.

Le métro a dépassé le grand ensemble d'immeubles d'appartements où il habitait, mais il n'a jamais eu l'intention de descendre là. Il a fourré le programme dans le sac qu'il portait à l'épaule. Les mains enfoncées dans les poches, il a contemplé son reflet sur la vitre et a accepté sans états d'âme que l'homme qui dissimulait ses cheveux clairsemés sous une casquette et camouflait sa bedaine sous un blouson, c'était bien lui.

*

L'atelier était fermé à clé. Le dimanche après-midi était en effet le seul moment où il pouvait l'occuper seul. Dans le cadre du mécénat, le groupe K avait mis

cet espace de huit *p'yŏng* [1] situé au deuxième sous-
sol de son siège, à la disposition de quatre artistes
vidéo qui y travaillaient chacun devant un ordinateur.
C'était une aubaine de pouvoir utiliser gratuitement
des équipements coûteux, mais cela constituait par
ailleurs un environnement très inconfortable pour
lui qui, d'une nature sensible, avait besoin d'être seul
pour pouvoir se concentrer.

La serrure a cédé avec un léger déclic. Il a cherché à tâtons l'interrupteur. Il a verrouillé la porte, s'est
débarrassé de sa casquette, de son blouson et de son
sac et a fait quelques pas dans un couloir étroit, les
doigts posés sur les lèvres, avant de s'asseoir devant
son ordinateur et d'appuyer son front sur ses mains. Il
a sorti de son sac le programme du spectacle, son carnet de croquis, ainsi qu'une bande mère sur laquelle
était collée une étiquette où figuraient son nom, son
adresse et même son numéro de téléphone. Elle contenait l'enregistrement original de toutes les œuvres
qu'il avait réalisées depuis une dizaine d'années – la
dernière remontant à deux ans. Deux ans d'inactivité
ne constituaient certes pas en soi une interruption
mortelle, mais néanmoins une béance qui commençait
à le rendre nerveux.

Il a ouvert son carnet. Il contenait des dizaines
d'esquisses mettant en scène un thème proche de
celui que semblait évoquer l'affiche, quoique dans
une atmosphère et un style totalement différents. De
superbes pétales de fleur, doux et ronds, étaient des-

---

1. 1 *p'yŏng* = 3,30 m².

sinés sur des corps nus qui s'accouplaient librement. Les cuisses aux muscles tendus et les fesses contractées auraient pu faire penser à des tableaux érotiques, n'eût été l'extrême maigreur des torses qui semblaient appartenir à des danseurs. Les corps – dépourvus de têtes – étaient fermes et paisibles, au point d'annuler l'effet provocateur des situations évoquées.

Cette vision lui était venue de façon inattendue. C'était au cours de l'hiver précédent, quand il avait senti remonter en son ventre une énergie bouillonnante lui annonçant la fin proche de la panne d'inspiration qui le plombait depuis un an. Mais il ne savait pas encore à ce moment-là qu'allait naître une vision aussi choquante. Son travail, jusque-là, avait été plutôt réaliste. Pour lui qui avait l'habitude de reconstituer en images 3D et en séquences documentaires le quotidien de l'homme usé et déchiré de la société post-capitaliste, cette apparition sensuelle, qui n'avait d'autre visée qu'elle-même, était une sorte de monstre.

Elle aurait pu ne pas lui venir. Si, un dimanche après-midi, sa femme ne lui avait pas demandé de faire la toilette de leur fils. Si, après l'avoir sorti du bain enveloppé dans une grande serviette, regardant sa mère lui enfiler un slip, il ne lui avait pas fait remarquer : « Sa tache mongolique[1] est encore grande. Elle va disparaître quand ? » Si elle ne lui avait pas répondu, sans y attacher d'importance : « Je ne sais

---

1. Tache gris-vert ou gris-bleu de la peau, siégeant dans le bas du dos, fréquente à la naissance chez certains peuples asiatiques et qui disparaît au bout de quelques années.

pas… Je ne me rappelle pas. Yŏnghye l'avait encore quand elle avait vingt ans ! » Si, quand il avait répété : « Vingt ans ? », elle n'avait pas ajouté : « Oui… Large comme le pouce. Toute verte. Peut-être qu'elle l'a toujours ! » La vision d'une fleur verte éclosant de la raie des fesses d'une femme l'avait alors frappé de plein fouet. La tache mongolique de sa belle-sœur et l'image d'un couple aux corps nus et ornés de fleurs peintes, en train de s'accoupler, s'étaient alors gravées dans son esprit, associées par un lien de cause à effet incroyablement net et précis.

Les femmes sans tête de son carnet n'étaient autres que sa belle-sœur. Ou plutôt, il fallait que ce soit elle. En dessinant pour la première fois son corps nu, qu'il n'avait jamais vu, puis en mettant un point vert semblable à un petit pétale sur ses reins, il avait eu une érection accompagnée de frissons. C'était la première fois qu'il éprouvait un désir sexuel aussi intense pour une personne précise depuis son mariage, surtout depuis qu'il avait dépassé les trente-cinq ans. Qui était alors cet homme décapité qui la pénétrait en position assise tout en lui étreignant le cou, comme pour l'étrangler ? Il savait que c'était lui, qu'il fallait que ce soit lui.

Lorsqu'il était arrivé à cette conclusion, ses traits s'étaient altérés.

*

Il a cherché la réponse pendant longtemps. Il s'est demandé comment il pourrait fuir cette vision. Mais elle s'est avérée indélébile. Aucune autre n'avait sa

74

force, ni sa séduction. Aucun autre projet ne réussissait à l'intéresser. Les expositions, les films, les spectacles... Tout lui paraissait insipide. Pour la seule raison que ce n'était pas «ça».

Il rêvassait à la façon dont il allait pouvoir la concrétiser. Il aurait pu louer l'atelier d'un ami peintre, y installer des spots, se procurer de la peinture pour le corps et un drap blanc pour le sol... Il enchaînait ainsi ses réflexions jusqu'au moment où il s'était heurté à la question dont dépendait tout le reste : «Comment allait-il convaincre sa belle-sœur ?» Il s'était longtemps demandé s'il ne pourrait pas la remplacer par une autre femme, mais une grande interrogation s'était soudain imposée à lui : «Comment pourrait-il mettre en scène de la pornographie – puisque, à n'en pas douter, c'était bien ce dont il était question ?» Ni sa belle-sœur ni aucune autre femme n'accepteraient ça. Peut-être pourrait-il engager une actrice professionnelle en la rémunérant ? Si, par miracle, il arrivait à filmer la scène, pourrait-il l'exposer ? S'il avait toujours été conscient du préjudice que le traitement d'un sujet social pouvait lui faire subir, il n'avait jusque-là jamais pensé qu'il pourrait être étiqueté un jour auteur d'œuvres pornographiques ! Comme il s'était toujours senti libre dans son travail, il n'avait jamais imaginé que, peut-être, cette liberté n'était pas sans limites.

Sans cette vision, il n'aurait pas connu cette impatience, ce malaise, cette angoisse, ce doute douloureux, cette autocensure. Il n'aurait pas vécu cette crainte de perdre tout ce qu'il avait bâti – même si ce n'était pas grand-chose –, y compris sa famille, à cause d'un seul faux pas. Il sentait son être se fissurer sous l'effet de multiples attaques. Était-il normal ? Était-il moral ? Était-il un être capable de se contrôler ? Il n'était plus en mesure d'affirmer qu'il avait les réponses à ces questions, qu'il croyait jusque-là si bien détenir.

Ttalkkak ! a fait la serrure. Il a précipitamment fermé son carnet et l'a attiré vers lui. Il ne voulait pas que ses dessins soient vus. Cela aussi, c'était nouveau, car d'habitude il exposait volontiers aux autres ses esquisses ou ses idées.

— Tiens !

C'était Chunsu. Il était plus jeune que lui. Ses longs cheveux étaient noués en queue-de-cheval.

— Je pensais qu'il n'y aurait personne !

Au lieu de répondre, il a souri et s'est étiré doucement en arrière.

— Tu veux un café ? a fait le nouvel arrivant en extrayant des pièces de sa poche.

Il a hoché la tête. Tandis que l'autre était parti chercher du café au distributeur, il a promené son regard sur ce lieu dont il n'était plus le seul occupant. Complexé par sa calvitie, il a enfoncé sa casquette sur son crâne. Il avait l'impression que des cris longtemps étouffés en lui allaient exploser à la façon d'une quinte de toux. Fourrant précipitamment ses affaires dans son sac, il est sorti. Pour ne pas tomber sur son confrère, il a pressé le pas en direction de l'ascenseur qui se trouvait de l'autre côté de l'escalier de secours. Quand il a vu son reflet sur la porte de la cage qui brillait comme un miroir, il s'est dit que ses yeux étaient rouges comme s'il avait pleuré. Même en fouillant avec insistance dans sa mémoire, il ne se rappelait pas avoir larmoyé ainsi. Il a alors éprouvé l'envie de cracher sur ces prunelles injectées de sang. Il a eu envie de gifler ces joues noires de barbe jusqu'à ce qu'on puisse deviner le sang sous la peau, de piétiner ces lèvres gonflées rendues obscènes par le désir.

*

— Te voilà enfin !

Sa femme l'a accueilli en essayant de dissimuler son mécontentement. Son fils l'a à peine salué avant de retourner à sa pelleteuse en plastique.

Elle était propriétaire d'une boutique de produits de beauté située près d'une université. Après son accouchement, elle l'avait confiée à ses employées, ne s'y rendant plus que le soir pour faire les comptes. Mais l'année précédente, le petit avait commencé à fréquenter un jardin d'enfants et elle avait repris le travail. Elle était tout le temps fatiguée, mais elle était de nature patiente. Sa seule exigence avait été qu'il leur réserve le dimanche. «J'aimerais bien me reposer moi aussi… Et toi, tu as besoin de passer du temps avec ton fils, tu ne crois pas ?» Il savait qu'il était le seul à pouvoir la soulager. Il lui était par ailleurs reconnaissant du soin qu'elle apportait à leur ménage, sans jamais récriminer. Mais depuis quelque temps, il ne se sentait pas à l'aise chez lui, parce qu'elle lui rappelait trop sa sœur.

— As-tu dîné ?

— J'ai grignoté.

— Il faut manger correctement, pas grignoter !

Il a jeté un coup d'œil discret sur son visage marqué par la lassitude et qui semblait exprimer une certaine résignation au sujet de son mari. L'opération de chirurgie esthétique qu'elle disait avoir subie aux paupières quand elle avait un peu plus de vingt ans avait été un succès, lui donnant de grands yeux en amande[1]. Ses traits étaient fluides, tout comme la ligne de sa nuque. Il pensait, sans toutefois en savoir plus à ce sujet, que si elle était parvenue à agrandir à ce point son magasin, qui ne mesurait que deux *p'yŏng* et demi quand elle l'avait acheté alors qu'elle était encore célibataire, c'était très largement dû au charme de son visage. Cependant, il avait toujours su que quelque chose en elle n'était pas tout à fait à son goût. Son apparence, sa taille, son allure et son caractère réfléchi correspondaient à son idéal féminin, et il n'aurait su préciser ce qui, en elle, le gênait quand il avait décidé de l'épouser. Soudain, à l'occasion d'une réunion de famille où on lui avait présenté pour la première fois sa future belle-sœur, il avait eu une révélation.

Ses paupières dépourvues de pli, sa voix un peu rude qui n'était pas nasale comme celle de sa femme, mais franche, sa façon modeste de se vêtir, ses pom-

---

1. Avec l'occidentalisation des canons de beauté, les plis des paupières qui donnent l'impression de grands yeux sont de plus en plus appréciés en Corée, certaines femmes allant même jusqu'à recourir à la chirurgie esthétique.

mettes saillantes qui faisaient contraste avec la douceur de ses traits… Tout en elle lui avait plu. Elle était
beaucoup moins belle que son épouse, mais il avait
senti en elle la force d'un arbre de la forêt que nul
n'aurait jamais élagué. Il ne l'avait pas désirée pour
autant tout de suite. Il s'était juste dit qu'elle lui plaisait, qu'elle était très différente de sa sœur malgré
d'indéniables points communs.

— Je mets la table ou non ? a insisté sa femme.

— Je te dis que j'ai mangé.

Se sentant gagné par la fatigue née de son trouble
intérieur, il a ouvert la porte de la salle de bains. Au
moment où il allumait, il l'a entendue dire comme
pour elle-même :

— Je me fais déjà du souci pour Yŏnghye, et toi tu
ne daignes pas me donner de tes nouvelles de toute
la journée ! Chiu a un rhume, il ne m'a pas laissée un
instant tranquille !

Après avoir poussé un soupir, elle a crié à l'adresse
de son fils :

— Qu'est-ce que tu fais ? Je t'ai dit de venir
prendre ton médicament !

Sachant qu'il traînait à venir quand elle l'appelait,
elle a entrepris de vider lentement le sachet dans une
cuillère et d'y verser du sirop de fraise. Ayant refermé
la porte de la salle de bains, il s'est approché d'elle.

— Il est encore arrivé quelque chose à ta sœur ?

— Ils ont entamé une procédure de divorce. J'en
veux à son mari, même si je le comprends. La vie de
couple, ça n'a vraiment pas beaucoup de sens.

— Si je…

Il a balbutié :

— Si j'allais voir ta sœur ?

Le visage de sa femme s'est soudain égayé.

— Tu ferais ça ? Je l'invite, mais elle ne vient pas. Si c'est toi qui demandes à la voir, elle n'osera pas dire non... Enfin si, elle ne se gênera pas. Je ne sais pas comment elle a pu changer à ce point.

Il a observé cette femme affectueuse, son visage où se lisait le sens des responsabilités, sa manière prudente d'avancer vers son fils pour ne pas renverser le médicament. Il s'est dit qu'elle était bonne – tellement bonne qu'elle en paraissait un peu bête.

— Je l'appellerai demain.

— Tu veux son numéro ?

— Ça va, je l'ai.

Il est retourné à la salle de bains où il s'est enfermé. Son cœur lui semblait sur le point d'exploser. Il s'est déshabillé tout en regardant le jet de la douche frapper bruyamment le fond de la baignoire. Il était conscient du fait qu'il n'avait pas fait l'amour à sa femme depuis presque deux mois – et aussi du fait que si son sexe était en train de gonfler, elle n'en était pas la cause. Tout son sang y avait afflué au moment où il s'était représenté l'appartement de sa belle-sœur, où il s'était rendu une fois avec son épouse, celle qui l'occupait et qu'il imaginait pelotonnée sur son lit ; celle que, longtemps auparavant, il avait portée sur son dos alors qu'elle était couverte de sang ; ses seins et ses fesses dont il avait nettement senti alors le contact ; sa tache mongolique qu'il aurait pu voir rien qu'en lui baissant le pantalon...

Il s'est masturbé debout, en proie à une frustration engendrée par sa veulerie. Il s'est placé sous le jet pour se débarrasser du sperme et a poussé un gémissement qui n'était ni un rire ni un sanglot. Simplement, l'eau était trop froide.

*

C'était deux ans auparavant, au début de l'été, que sa belle-sœur s'était ouvert les veines chez eux. Sa belle-famille était réunie pour un déjeuner dans l'appartement où ils venaient d'emménager et qui était plus spacieux que leur précédent logement. Ils adoraient tous la viande et étaient contrariés – surtout le père – par le fait que, depuis quelque temps, Yŏnghye l'avait bannie de son régime sous prétexte qu'elle était désormais végétarienne. Elle était devenue si pathétiquement maigre que les sermons que lui faisaient ses proches étaient bien compréhensibles. Cependant, un épisode surréaliste restait dans sa mémoire, semblable à une scène tirée d'une pièce absurde : son beau-père, ancien vétéran de la guerre du Viêt Nam, avait giflé sa fille qui refusait de lui obéir, avant de lui enfoncer de force de la viande dans la bouche !

Ce dont il se souvenait le plus clairement, c'était du cri qu'avait poussé la jeune femme. Après avoir recraché le morceau, elle avait saisi un couteau et fustigé du regard chacun des siens. Ses yeux avaient l'éclat trouble de ceux d'un animal acculé.

Quand du sang avait jailli de son poignet, il l'avait bandé en déchirant un bout de drap et l'avait chargée sur son dos. Puis il avait foncé vers le parking, étonné par sa présence d'esprit et par la rapidité de ses réflexes.

Alors qu'il la contemplait, tandis qu'inconsciente, elle recevait les premiers soins, il avait perçu un bruit – t'ak – produit par quelque chose qui s'échappait de son propre corps. Il était toujours incapable d'expliquer la sensation qu'il avait éprouvée à ce moment-là. Quelqu'un avait essayé de se débarrasser sous ses yeux de sa propre vie, comme d'un déchet ; le sang qui avait mouillé la chemise blanche qu'il portait, mêlé à sa transpiration, séchait en virant au marron.

Tout en priant pour qu'elle survive, il s'était alors interrogé sur le sens de tout cela. Le moment où elle avait tenté de mettre fin à ses jours avait coïncidé avec une sorte de tournant dans sa propre vie. Personne n'avait su venir en aide à la jeune femme. Tous – les parents qui voulaient la forcer à manger de la viande, le mari, le frère et la sœur qui les avaient laissés faire – avaient dû lui apparaître comme des étrangers, voire des ennemis. Même si elle s'en sortait, ces données ne changeraient pas. Sa tentative relevait certes de l'impulsion, mais elle pouvait récidiver. Elle pourrait même mieux s'organiser, pour ne pas en être empêchée. Il avait soudain réalisé qu'il espérait en fait qu'elle ne se réveillerait pas ; que la situation qu'elle retrouverait quand elle reviendrait à elle était si désespérée, si épouvantable, qu'il aurait probablement envie de la jeter lui-même par la fenêtre dès qu'elle aurait ouvert les yeux.

Une fois son état stabilisé, il avait mis une chemise

neuve qu'il avait achetée dans la boutique de l'hôpital avec de l'argent que son beau-frère lui avait passé. Lorsqu'il était monté dans un taxi avec le linge souillé qu'il avait roulé en boule au lieu de s'en débarrasser, il avait pensé à sa dernière œuvre. Il avait été surpris de constater que ce souvenir lui était douloureux. Il s'agissait d'un montage original, accompagné de musique et de sous-titres design, portant sur des choses qui pour lui évoquaient la duperie : d'innombrables publicités, des extraits de séries et de journaux télévisés, des visages d'hommes politiques, un pont et un grand magasin en train de s'écrouler, les larmes de sans-abri et d'enfants atteints d'une maladie incurable...

Il avait soudain été pris de nausées. Les instants qu'il avait consacrés à ce travail, de jour comme de nuit, pour tenter d'atteindre le tréfonds des émotions engendrées par ces images – la haine, le désenchantement, la douleur –, il les avait alors ressentis comme une forme de violence. Son esprit franchissant une limite, il avait brusquement eu envie d'ouvrir la portière du taxi lancé à toute allure et de faire une culbute sur le bitume. Il ne pouvait plus supporter ces visions de la réalité. Autrement dit, il avait l'impression de ne pas les avoir suffisamment haïes au moment où il avait travaillé sur elles. Ou bien de ne pas s'être senti suffisamment menacé par elles. Mais en cet instant précis, dans la chaleur étouffante d'un après-midi d'été qui régnait dans ce véhicule où flottait l'odeur du sang de sa belle-sœur, elles lui avaient semblé terrifiantes, elles lui soulevaient le cœur et bloquaient sa respiration. Il s'était dit qu'il ne serait plus capable de travailler avant longtemps. La fatigue l'avait submergé en même temps qu'un ras-le-bol de tout ce qui exprimait la vie.

Ce qu'il avait accompli pendant dix ans lui échappait, ne lui appartenait plus à lui, mais à quelqu'un qu'il avait connu ou, plutôt, qu'il avait cru connaître.

*

Au bout du fil, sa belle-sœur restait silencieuse. Pourtant elle avait décroché et il entendait vaguement sa respiration et un bruit de fond.

— Allô ?

Il a enfin réussi à ouvrir la bouche.

— C'est moi, ton beau-frère. Tu m'entends ? Ta sœur...

Il a poursuivi tout en se méprisant, conscient jusqu'à en avoir la chair de poule de son hypocrisie et de sa fourberie :

— ... est très inquiète.

Puis il a exhalé un bref soupir tandis que son interlocutrice restait muette. Elle devait comme d'habitude être pieds nus. Elle s'était installée chez eux après être sortie de l'hôpital psychiatrique où elle avait passé plusieurs mois, pendant que le reste de la famille essayait en vain de fléchir son mari qui disait préférer se faire interner à son tour plutôt que de vivre à nouveau avec elle. La cohabitation, qui avait duré un mois, jusqu'à ce qu'elle se trouvât un petit appartement, n'avait été ni particulièrement pénible ni embarrassante. Comme il ne connaissait pas encore l'existence de sa tache mongolique, il n'éprouvait que de la compassion pour cette femme qu'il trouvait mystérieuse.

Généralement taciturne, elle passait ses journées sur le balcon à jouir du soleil de fin d'automne. Elle broyait les feuilles desséchées tombées des pots ou esquissait des ombres chinoises. Quand sa sœur était occupée, elle emmenait même Chiu dans la salle de bains pour lui laver le visage, ses pieds nus sur le carrelage froid.

Il avait du mal à croire, à la voir ainsi, qu'elle avait tenté de se donner la mort, qu'elle s'était exhibée seins nus en public – probablement sous l'effet du choc psychique consécutif à sa tentative de suicide. Il l'avait transportée à l'hôpital, couverte de sang – expérience qui l'avait sérieusement troublé –, mais il avait l'impression d'avoir vécu tout cela dans une autre vie, qu'il s'agissait d'une autre femme.

La seule incongruité dans son comportement, c'était qu'elle continuait à ne pas manger de viande. Comme son régime végétarien était à l'origine de son conflit avec les siens et des événements étranges qui s'en étaient suivis – y compris l'épisode des seins nus –, c'était, insistait son mari, la preuve qu'elle n'était pas redevenue normale.

— Elle semble revenue à la raison, mais ce n'est qu'une apparence. Ça fait longtemps qu'elle a cet air égaré et les médicaments qu'elle doit prendre tous les jours n'ont rien arrangé. Je vous dis qu'elle n'est pas guérie !

Il était déconcerté par l'attitude de ce mari qui voulait se débarrasser d'elle comme si cela allait de soi, comme s'il s'était agi d'un réveil ou d'un appareil électroménager détraqué.

— Ne me dites pas que je suis lâche ! Tout le monde sait que c'est moi la principale victime dans cette histoire !

Considérant que les propos de son beau-frère n'étaient pas complètement injustifiés, il avait adopté une position neutre, contrairement à son épouse qui l'avait supplié de ne pas divorcer, d'attendre encore un peu – mais il était resté inflexible.

Chassant de sa mémoire l'image de cet homme à qui son front bas et son menton fuyant conféraient un air revêche et qu'il n'avait jamais aimé, il s'est adressé à sa belle-sœur :

— Réponds, s'il te plaît. Dis quelque chose.

Il se demandait s'il devait raccrocher, quand elle a déclaré, à son grand soulagement :

— L'eau bout.

Sa voix éthérée lui a fait penser à une plume. Elle n'était ni morose ni atone comme celle d'une malade. Elle n'était pas davantage aimable ou joyeuse. Elle exprimait l'indifférence – la voix d'une femme qui n'était nulle part, si ce n'est sur une frontière.

— Je dois aller éteindre la gazinière.

— Écoute, je…

Craignant qu'elle n'interrompît la conversation, il s'est empressé de finir sa phrase :

— Je peux passer tout de suite chez toi ? Tu ne bouges pas de ton appartement ?

Il y a eu un silence, puis elle a raccroché. Il en a fait autant. La sueur dégoulinait sur sa main.

*

Il n'avait commencé à penser à sa belle-sœur de manière différente qu'après avoir entendu sa femme parler de sa tache mongolique. Avant cela, il n'avait jamais nourri d'intentions troubles à son égard. La sensation de plaisir qui montait en lui quand il évoquait ses attitudes, celles dont il avait été témoin quand elle vivait chez eux, relevait en conséquence d'une expérience indirecte. Il sentait une chaleur envahir son corps chaque fois qu'il se rappelait son air absent quand elle s'amusait à projeter des ombres avec ses mains, ses chevilles blanches que laissait voir son ample pantalon de survêtement quand elle faisait la toilette de Chiu, son allure négligée lorsqu'elle regardait la télé, assise de biais, les jambes légèrement écartées et les cheveux décoiffés. Sur toutes ces images venait se superposer celle d'une tache mongolique : une marque sur les fesses ou sur le dos des bébés qui s'estompe au fil du temps et qui a disparu à l'âge adulte. Lorsqu'il se remémorait l'agréable impression qu'il avait ressentie en touchant les fesses d'un nouveau-né, l'évocation de celles de sa belle-sœur, qu'il n'avait jamais contemplées, faisait flotter en lui une lumière pâle.

Même le fait qu'elle ne mangeait pas de viande et ne se nourrissait que de céréales et de légumes semblait s'associer parfaitement à l'image de ce pétale verdâtre, dont il était presque indissociable. Si le sang jailli de ses veines avait mouillé sa chemise, la rendant rêche et marron, c'était un signe à la fois fort et indéchiffrable, se disait-il, lié à son destin.

Elle habitait un appartement situé dans une ruelle relativement peu fréquentée, à proximité d'une université féminine. Il se tenait devant son immeuble, avec à la main des sacs contenant les fruits qu'il avait achetés sur les conseils de sa femme : des oranges provenant de l'île de Cheju, des pommes, des poires et même des fraises, dont ce n'était pas la saison. Il avait les bras et les doigts engourdis, mais il hésitait, parce qu'il venait d'envisager l'espèce de panique qui l'envahirait quand il se retrouverait seul avec elle.

Il a fini par poser les paquets, pris son téléphone portable et composé son numéro. Dix sonneries plus tard, elle n'avait toujours pas décroché. Reprenant les fruits, il a entrepris de grimper l'escalier. Arrivé au deuxième étage, il a appuyé sur la sonnette ornée d'un motif de double croche. Comme il s'y attendait, il ne s'est rien passé. Il a tourné la poignée et, à sa grande surprise, il a constaté qu'elle n'était pas verrouillée. Il a alors enlevé sa casquette et essuyé son crâne trempé par la transpiration avant de la remettre. Il a réajusté sa tenue, inspiré profondément et ouvert la porte.

*

La lumière de ce début d'octobre, qui inondait le studio, orienté vers le sud, jusque dans la cuisine, créait une atmosphère paisible. Des vêtements qui lui étaient familiers, probablement parce qu'ils avaient appartenu à sa femme, traînaient un peu partout. On remarquait aussi de la poussière, mais le tout ne donnait pas une impression de saleté. Peut-être parce qu'il n'y avait quasiment pas de meubles.

Il a posé les fruits dans l'entrée, puis s'est déchaussé. Il n'a détecté aucune présence humaine. Était-elle sortie ? S'était-elle absentée pour l'éviter ? Elle n'avait même pas de téléviseur et du mur où étaient incrustées deux prises et une sortie d'antenne inutilisées se dégageait une impression sinistre. En dehors du téléphone que sa femme y avait installé, il n'y avait dans l'unique pièce de ce logement qu'un matelas, avec une couverture, qui avait gardé la forme d'un corps, comme si quelqu'un venait juste de s'en extraire.

Il a entrouvert la porte-fenêtre donnant sur le balcon pour aérer. Sentant soudain une présence, il s'est brusquement retourné. Il a eu le souffle coupé.

Elle sortait de la salle de bains. Il n'y avait pas pensé, car il n'avait pas entendu de bruit d'eau. Ce qui l'avait sidéré, c'était qu'elle était nue. Son corps ne portait aucune trace d'humidité. Elle s'est immobilisée, un peu surprise elle aussi. Puis elle a ramassé des vêtements qui traînaient sur le sol pour masquer sa nudité. Elle procédait avec calme, sans manifester gêne ni indécision, comme une personne sûre de faire ce qu'il fallait dans ce genre de situation.

Il aurait dû détourner son regard ou quitter précipitamment les lieux pendant qu'elle se rhabillait sans prendre la peine de lui tourner le dos – au lieu de quoi il est resté figé sur place à la fixer. Elle n'était plus aussi maigre qu'au début de son régime végétarien. Elle avait commencé à reprendre un peu de poids à l'hôpital, puis s'était convenablement nourrie chez eux, si bien que ses seins s'étaient arrondis et que la courbe de sa taille s'était accentuée. Les poils du pubis n'étaient pas très fournis. La ligne allant des cuisses aux mollets était très séduisante, même si le tout manquait un peu de volume. C'était un corps qui donnait plus envie de le contempler que de le posséder. Quand il s'est rendu compte qu'il n'avait pas pu voir sa tache mongolique, elle était déjà rhabillée.

— Je suis désolé, a-t-il enfin balbutié. La porte n'était pas verrouillée... J'ai cru que tu étais sortie.

— Ce n'est pas grave, a-t-elle répondu, toujours avec cet air de trouver tout cela naturel. Je me sens plus à l'aise comme ça, quand je suis seule.

Ce qui signifiait... Il a essayé de mettre un peu d'ordre dans sa tête qui s'était vidée. Ce qui signifiait qu'elle vivait nue chez elle ! À cette pensée, il a senti, à son grand embarras, son membre se gonfler, alors qu'il était resté sans réaction devant son anatomie. Il a ôté sa casquette, puis s'est assis par terre pour cacher son érection.

— Je n'ai rien à t'offrir..., a-t-elle dit en se dirigeant vers la cuisine.

S'il avait bien vu, elle n'avait pas mis de culotte avant d'enfiler un pantalon de survêtement gris foncé. À la vue du léger balancement de ses fesses, qui n'étaient pourtant ni charnues ni sensuelles, il a involontairement dégluti en faisant trembler sa pomme d'Adam.

— Laisse... Ou bien, on peut manger des fruits,

a-t-il suggéré dans le but de gagner le temps nécessaire pour maîtriser son excitation.

— Ah, oui.

Elle est revenue prendre des pommes et des poires, puis est allée les laver. Tandis que résonnaient des bruits d'eau et de vaisselle, il a essayé de se concentrer sur les prises murales ou les boutons carrés du téléphone. Mais l'image de son pubis est devenue de plus en plus nette dans son cerveau, s'y entremêlant, jusqu'à la souffrance, à celles d'une paire de fesses ornées de dessins de pétales et d'un accouplement qu'il s'était souvent représenté en boucle.

Lorsqu'elle est venue s'asseoir avec une assiette sur laquelle elle avait disposé les fruits, il a baissé la tête pour lui dissimuler ses yeux, qu'il supposait enfiévrés.

— Je ne sais pas si les pommes sont bonnes…

Elle a déclaré, après un silence :

— Ne te sens pas obligé de venir me voir.

— Pardon ?

Elle a poursuivi d'une voix posée :

— Ne vous faites pas de souci pour moi. Je cherche du boulot. Le médecin m'a déconseillé un travail solitaire, alors je pense aller bosser dans un grand magasin, par exemple. J'ai même eu un entretien d'embauche la semaine dernière.

— Ah bon ?

C'était inattendu. « Et toi, tu te vois vivre avec une femme complètement dépendante de son mari et qui passe sa vie à absorber des médicaments pour soigner ses troubles mentaux ? » lui avait demandé un jour au téléphone son mari, qui avait l'air éméché – et qui se trompait donc : elle n'était pas si folle que cela.

— Mais pourquoi ne viens-tu pas travailler dans la boutique de ta sœur ?

Tête basse, il lui a fait part du but officiel de sa visite :

— Elle le souhaite sincèrement. Elle dit qu'elle préfère te donner à toi un salaire qui n'est quand même pas négligeable, plutôt qu'à une étrangère. Vous avez confiance l'une en l'autre. Ça la rassurerait de t'avoir auprès d'elle et, pour toi, ce serait sûrement moins fatigant que de travailler dans un grand magasin.

Son excitation s'est progressivement calmée au fil de son discours. Il est même parvenu à la regarder en face. Il a remarqué l'expression paisible de son visage, qui faisait penser à celle d'un bonze. Trop paisible. Que de choses pénibles elle avait dû accepter ou enfouir au fond d'elle-même pour pouvoir accéder à cette sérénité ! Il était même un peu effrayé par son regard. Il s'est alors reproché de l'avoir contemplée lorsqu'elle était nue comme il l'aurait fait pour une estampe érotique. Cependant, il ne pouvait nier que cette vision resterait à jamais gravée dans sa mémoire, capable de l'allumer à n'importe quel moment.

— Goûte la poire aussi, a-t-elle fait en poussant l'assiette vers lui.

— Mange, toi.

Elle a pris un quartier de fruit, avec les doigts et non avec une fourchette, et l'a porté à sa bouche. Il a tourné la tête pour refouler l'impulsion qui le poussait à entourer de ses bras les épaules de cette femme pensive, à lécher son index mouillé de jus de poire, à sucer jusqu'à la dernière trace de goût sucré sur ses lèvres et sa langue, à tirer brutalement sur l'ample pantalon de survêtement.

*

— Attends ! a-t-il fait tout en remettant ses chaussures. Tu ne veux pas venir avec moi ?

— Où ça ?

— On pourrait marcher et discuter.

— Je vais réfléchir à ce que tu as dit tout à l'heure.

— Non, ce n'est pas ça… J'ai quelque chose à te demander.

Il a lu une hésitation sur son visage. Il aspirait à être n'importe où plutôt que dans cette pièce, si dangereuse pour lui, à échapper au désir et aux tentations douloureuses qui l'envahissaient de plus en plus.

— Tu peux parler ici.

— J'ai envie de marcher un peu. Et puis, tu dois étouffer à force de rester enfermée chez toi !

À contrecœur, elle a enfilé ses sandales et l'a suivi. Ils n'ont pas dit un mot tandis qu'ils quittaient la ruelle et débouchaient sur une avenue. Apercevant un magasin où l'on vendait de la crème glacée, il lui a demandé :

— Tu aimes la glace ?

Elle a esquissé un léger sourire, telle une petite amie un peu coincée.

À l'intérieur, ils se sont assis près de la vitrine. Il

l'a regardée sans rien dire tandis qu'elle dégustait un sorbet à l'aide d'une petite spatule en bois. Il s'est surpris à tressaillir à la vue de sa langue, à laquelle il avait l'impression que son propre corps était relié par un fil électrique.

Puis il a réfléchi. Il n'existait peut-être qu'une solution pour sortir de cet enfer : réaliser son fantasme.

— Ce que je voulais te demander…

Elle avait de la glace au bout de la langue. Elle a écarquillé les yeux. Sous ses paupières dépourvues de plis, typiquement mongoles, ses prunelles, ni trop grandes ni trop petites, luisaient doucement.

— … c'est de poser pour moi.

Elle n'a pas ri, pas paru surprise. Elle lui a lancé un regard à la fois tranquille et perçant.

— Tu es déjà venue à une de mes expositions, je crois ?

— Oui.

— C'est une œuvre du même genre, des séquences vidéo. Ça ne te prendra pas beaucoup de temps, mais en revanche… il faudrait que tu te déshabilles.

Il s'enhardissait de plus en plus. Il ne transpirait plus, ses mains ne tremblaient plus. Sa tête était aussi froide que si on avait posé un sac de glaçons dessus.

— Pour que je peigne sur ton corps.

Son regard, toujours aussi calme, rivé sur lui, elle a interrogé :

— Et puis ?

— C'est tout. Tu resterais comme ça jusqu'à la fin du tournage.

— Peindre sur mon corps… quoi ?

— Des fleurs.

Il a eu l'impression que ses yeux se troublaient. Fugitivement. Il avait peut-être mal vu.

— Ce ne serait pas trop dur… Une heure ou deux devraient suffire. À un moment qui te conviendrait.

Considérant qu'il avait dit ce qu'il avait à dire, il a baissé la tête d'un air résigné et fixé sa crème glacée surmontée de cacahuètes pilées et de lamelles d'amandes, qui était en train de fondre lentement.

— Ça se ferait où ? a-t-elle demandé, alors qu'il s'absorbait dans sa contemplation.

Elle venait d'avaler le reste de sa glace, qui avait taché ses lèvres livides.

— Je vais louer l'atelier d'un ami.

Son expression était tellement impénétrable, quasiment sinistre, qu'il était impossible de lire dans ses pensées.

— Ta… ta sœur…, a-t-il repris en balbutiant et en se haïssant, tout en se demandant s'il le fallait et s'il avait le choix.

— … n'en saurait rien.

Elle ne réagissait pas. Le souffle bloqué, il la dévorait des yeux pour essayer d'interpréter son silence.

*

Le soleil l'inondant grâce à une haute fenêtre, l'atelier de Minho était un endroit chaleureux, d'une centaine de *p'yŏng*, qui avait un peu l'air d'une galerie d'art. Les tableaux de son propriétaire étaient accrochés aux bons endroits et ses outils de travail étaient remarquablement bien rangés. Au point que ça lui donnait envie de les essayer, alors qu'il avait apporté tout ce dont il avait besoin.

Il cherchait un endroit où il pourrait travailler en lumière naturelle. C'est ainsi qu'il avait pris contact avec Minho, qu'il avait connu à la faculté sans qu'il fût pour autant un ami proche. Premier de leur promotion à être recruté, à l'âge de trente-deux ans, par une université de la région de Séoul, il arborait à présent le visage, la tenue et l'attitude seyant à un professeur.

— C'était vraiment inattendu que tu fasses appel à moi ! lui avait-il déclaré une heure auparavant en lui passant la clé de son atelier, après lui avoir préparé du thé. C'est un service que je peux te rendre quand tu veux. De toute façon, je passe mes journées à la fac.

Il avait pris la clé en remarquant que le ventre de son camarade était plus bombé que le sien. Même s'il s'en cachait, il devait connaître lui aussi des désirs et les angoisses afférentes. Interprétant la rondeur abdominale de son hôte comme l'indice d'une frustration, il avait éprouvé une sorte de consolation mesquine. Pour le moins, son ami devait ressentir un malaise à propos de sa bedaine, un peu de honte et de nostalgie aussi pour le corps qu'il avait eu dans sa jeunesse.

Il a rangé dans un coin les tableaux – qu'il trouvait par ailleurs quelconques – qui faisaient un peu écran devant les fenêtres et déplié un drap blanc sur le parquet ensoleillé. Il s'est allongé un instant dessus pour vérifier ce qu'elle verrait, une fois couchée : les poutres du plafond, le ciel au-delà des vitres. Il a éprouvé le contact du sol dans son dos, à la fois dur et doux grâce au drap. Il s'est couché sur le ventre et a regardé les tableaux, l'ombre froide sur le parquet de ce côté-là, la suie dans la cheminée éteinte…

Il a déballé son matériel de peintre, vérifié la batterie de la caméra PD100, disposé les spots auxquels il aurait recours si le tournage se prolongeait, ouvert son carnet de croquis avant de le remettre dans son sac, ôté son blouson, retroussé ses manches. Puis il a attendu. Peu avant quinze heures, moment auquel elle était censée arriver à la station de métro proche, il a remis son blouson et ses chaussures. Il a entrepris de gagner le lieu du rendez-vous en inhalant à pleins poumons l'air relativement peu pollué de cette banlieue.

Son portable a sonné.

— C'est moi.

Sa femme.

— Je vais être en retard ce soir. L'étudiante que j'emploie à la boutique est encore absente ! Il faut que tu ailles chercher Chiu au jardin d'enfants avant dix-neuf heures.

Il a répondu sur un ton ferme :

— Je ne peux pas. Je suis pris jusqu'à vingt et une heures.

Il l'a entendue soupirer :

— Bon, d'accord. Je vais demander à la dame du 709 de s'en occuper jusqu'à vingt et une heures.

Ils en sont restés là. Leurs rapports étaient à présent ceux de deux associés que seule unissait vraiment l'existence de leur fils.

Quelques jours auparavant, après s'être rendu chez sa belle-sœur, mu par ses pulsions torturantes, il avait pris sa femme dans ses bras, dans l'obscurité. Il avait été surpris, tout comme elle, par l'ardeur d'un désir tel qu'il n'en avait jamais ressenti pour elle, même au début de leur mariage.

— Qu'est-ce que tu as ?

Il lui avait bâillonné la bouche pour ne pas entendre sa voix nasale. Il s'était concentré sur l'image de sa belle-sœur que lui rappelaient le nez de son épouse, ses lèvres et sa jolie nuque qu'il devinait dans le noir. Il lui avait ôté ses dessous, avait mordu un de ses mamelons. Chaque fois que les petits pétales bleus voulaient se refermer après s'être épanouis, il fermait les yeux pour effacer le visage de sa femme.

Quand il en avait eu fini, elle pleurait. Il n'arrivait pas à comprendre si c'était à cause de l'excitation ou d'un sentiment qui lui échappait.

« J'ai peur », avait-elle murmuré en lui tournant le dos. Ou était-ce : « Tu me fais peur » ? Comme il était en train de sombrer dans un sommeil proche de la mort, il n'était pas sûr qu'elle avait vraiment dit cela. Il ne savait pas non plus combien de temps elle avait continué à pleurer.

Le lendemain matin, elle était exactement comme d'habitude. Sa voix, qu'il venait d'entendre au téléphone, était la même. Il n'y avait relevé aucune trace de cette soirée, aucune hostilité à son égard. Il s'était juste senti un peu mal à l'aise à cause de sa façon de parler, si placide qu'elle paraissait quelquefois inhumaine, et de ses soupirs répétés.

Il a pressé le pas pour dissiper son trouble.

Il ne s'y attendait pas, mais sa belle-sœur se trouvait déjà à la sortie du métro. Elle était assise sur une marche dans une position un peu lasse, comme si elle était là depuis un moment. Le gros pull marron qu'elle portait sur son jean usé donnait l'impression qu'à la différence du reste de la population, elle sortait tout juste de l'hiver. Sans oser l'appeler, il a contemplé, fasciné, son visage et son corps baignés de soleil.

*

— Déshabille-toi, lui a-t-il dit à voix basse alors que, debout près de la fenêtre, elle fixait les peupliers.

Les rayons du soleil de cet après-midi caressaient doucement le drap blanc. Elle ne s'est pas retournée vers lui. Alors que, se demandant si elle l'avait bien entendu, il s'apprêtait à répéter, elle a levé les bras pour enlever son pull, puis le T-shirt aux manches courtes sous lequel elle ne portait pas de soutien-gorge. Elle a ôté son jean, dévoilant ses fesses blanches.

Il a retenu son souffle et les a observées. Sur chacune des demi-lunes était creusée une de ces fossettes qu'on appelle communément le « sourire de l'ange ». Au-dessus de celle de gauche, en effet, une tache de la taille d'un pouce. Comment était-il possible qu'elle l'ait encore ? Il avait du mal à comprendre. Il s'agissait bel et bien d'une tache mongolique, d'un vert pâle, qui ressemblait à une ecchymose. Elle évoquait, a-t-il pensé, des temps très anciens, antérieurs à l'évolution des espèces, ou une sorte de trace de photosynthèse – en tout cas quelque chose de végétal qui n'avait rien de sexuel.

Ce n'est qu'un long moment après qu'il en a détaché ses yeux pour admirer le reste du corps. Le calme qu'elle affichait était impressionnant, compte tenu du fait qu'elle n'avait jamais posé et qu'elle se trouvait en présence de son beau-frère. Il lui est soudain revenu en mémoire qu'au lendemain de sa tentative de suicide, on l'avait retrouvée à moitié nue près de la fontaine de l'hôpital. C'était à cause de cela qu'on l'avait internée et qu'on avait tardé à la relâcher, car elle continuait à s'exposer à tout bout de champ au soleil dans cette tenue.

— Je dois m'asseoir ? a-t-elle demandé.

— Non, couche-toi plutôt sur le ventre, a-t-il marmotté en articulant avec difficulté.

Elle s'est exécutée. Il est resté immobile, les sourcils froncés, essayant d'analyser le sentiment violent que cette vision venait de faire jaillir du fond de lui-même.

— Attends, reste comme ça !

Il a fixé la caméra sur le trépied, réglé la hauteur de façon à ce que tout le corps soit dans le champ, puis saisi la palette et le pinceau. Il avait l'intention de filmer dès l'étape de la mise en peinture.

Il a ramené vers le haut du crâne de la jeune femme ses cheveux qui lui cachaient les épaules et s'est mis à dessiner en partant de la nuque. Des boutons de fleurs à moitié ouverts, pourpres et rouges, ont couvert bientôt les épaules et le dos, et de minces tiges ont coulé sur les flancs. Au niveau de la fesse droite s'est épanouie une corolle vermeille, laissant apparaître de gros pistils d'un jaune éclatant.

Il percevait le léger tremblement de la peau chatouillée par le pinceau, et il en avait des frissons. Il ne s'agissait pas d'un simple désir sexuel, mais d'une émotion qui prenait racine dans les tréfonds de son être et véhiculait en continu des centaines de milliers de volts.

Quand il a eu fini de tracer de longues tiges garnies de feuilles allant des cuisses aux chevilles, tout son corps était en nage.

— Et voilà ! a-t-il fait. Reste encore un peu comme ça.

Il a détaché la caméra du trépied et entrepris de la filmer en gros plan. Il a utilisé le zoom pour détailler chaque fleur, sa nuque, ses cheveux en désordre, ses deux mains posées à plat sur le drap, qui trahissaient une tension, ses fesses ornées de la tache mongolique. Après avoir tout enregistré, il a éteint la caméra :

— Tu peux te relever à présent.

Envahi par une légère lassitude, il s'est assis sur le canapé qui se trouvait devant la cheminée. Elle s'est redressée en prenant appui sur ses coudes, sans doute prise de crampes.

— Tu n'as pas froid ?

Il s'est levé en essuyant sa transpiration, puis lui a couvert les épaules avec son blouson.

— Ce n'était pas trop dur ?

Elle lui a souri. C'était le sourire furtif, mais réel, de qui ne repoussait rien et ne se laissait surprendre par rien.

Il a compris à ce moment-là ce qui l'avait tant désemparé quand elle s'était couchée sur le ventre : un corps d'où tout désir semblait banni, paradoxalement beau, celui d'une ravissante jeune femme ; une étrange légèreté se dégageant de ce paradoxe, qui n'était pas simplement légèreté, mais aussi force. Le rayon de soleil qui se désagrégeait pour former comme des grains de sable en traversant la fenêtre, la beauté du corps en train de se déliter d'une façon identique, imperceptible… Il était envahi par des sensations qu'il n'aurait pu décrire en quelques mots et qui avaient même neutralisé les pulsions sexuelles qui le taraudaient depuis un an.

*

Elle tenait à deux mains un mug d'où échappait de la vapeur. Elle avait remis son pantalon et jeté sur ses épaules le blouson de son beau-frère. Ses pieds nus effleuraient le sol.

— Tu n'as pas eu froid ? lui a-t-il redemandé.

Elle a secoué la tête.

— Ce n'était pas trop dur ?

— Je n'ai rien eu à faire et le sol était plutôt tiède.

Elle était étonnamment dépourvue de curiosité, ce qui lui permettait sans doute de garder son flegme dans n'importe quelle situation. Elle n'explorait pas les nouveaux espaces qui s'offraient à elle, n'exprimait aucun des sentiments qui auraient pu être considérés comme naturels. Elle se contentait, semblait-il, d'être la spectatrice de tout ce qui lui arrivait. Ou peut-être se passait-il en elle des choses si horribles que personne ne pouvait les soupçonner, leur existence parallèle au quotidien étant si insoutenable qu'elle ne lui laissait plus assez d'énergie pour s'intéresser, découvrir ou réagir. Ce n'était qu'une hypothèse, car ses yeux n'exprimaient pas un calme niais et passif, mais semblaient animés à la fois par une flamme et par une volonté contrôlée. À cet instant précis, elle fixait ses pieds, recroquevillée comme un poussin transi, ses deux mains enveloppant le mug chaud. Mais cette image ne suscitait pas de compassion. Ce que ressentait celui qui la contemplait dans le clair-obscur d'une solitude que rien ne semblait pouvoir entamer, c'était un malaise.

Il a évoqué le visage de son ex-mari, qu'il n'avait jamais pu sentir et qu'il n'avait plus désormais à appeler beau-frère. Il se sentait offensé pour la jeune femme rien qu'à l'idée que son corps avait dû être désiré par cet homme, dont la figure sèche disait qu'il ne croyait qu'aux valeurs quotidiennes et superficielles et dont les lèvres vulgaires n'avaient probablement jamais émis une parole qui ne fût banale. Insensible comme il l'était, avait-il seulement remarqué la tache mongolique ? En imaginant les deux corps nus, il s'est dit que cela avait été une humiliation, une souillure, une violence.

Comme elle se levait après avoir vidé la tasse, il en a fait autant. Elle la lui a tendue et il l'a posée sur la table. Après avoir remplacé la cassette dans la caméra, il a réajusté le trépied.

— On s'y remet ?

Tout en hochant la tête, elle s'est avancée vers le drap. La lumière du jour ayant décliné, il a dû installer une lampe au tungstène près de ses pieds.

Elle s'est à nouveau dénudée et s'est allongée sur le dos. L'éclairage partiel laissait la tête dans l'ombre, mais il a plissé les yeux comme s'il était ébloui. Il l'avait déjà vue nue de face, mais la voir ainsi couchée, parée de la même beauté éphémère née de l'abandon que quand elle était sur le ventre, lui procurait une sensation si intense qu'elle agissait presque sur ses glandes lacrymales. Les clavicules soulignées par la minceur du corps, la poitrine presque aussi plate que celle d'un garçon du fait de sa position horizontale, les côtes saillantes, les cuisses écartées mais dépourvues de sensualité, jusqu'au visage qui, tel un désert, semblait appartenir au sommeil malgré les yeux ouverts... C'était un corps débarrassé de toute superfluité jusque dans ses moindres aspects. Il n'en avait jamais vu un semblable, parlant à ce point de lui-même.

Cette fois, il a utilisé le jaune et le blanc pour dessiner de grandes fleurs sur sa poitrine. Alors que celles qu'il avait dessinées sur le dos étaient des fleurs nocturnes, celles-ci étaient diurnes. Des lis d'un jour venaient d'éclore sur le ventre plat et des pétales dorés tombaient en désordre sur les cuisses.

Gardant le silence, il a senti que d'un recoin inconnu de son corps sourdait une joie sans limites qui venait se concentrer au bout de son pinceau, une joie telle qu'il n'en avait jamais éprouvé au cours de ses quarante années d'existence. Il avait envie de faire durer cette sensation aussi longtemps que possible. Bien que son visage semblât dans l'obscurité être celui d'une dormeuse, les frissons que lui transmettait le pinceau quand il le passait sur la face intérieure des cuisses lui disaient qu'elle devait être éveillée, sur le qui-vive même. Il avait l'impression que cette femme qui acceptait tout cela avec tant de naturel était un être sacré, ni humain ni animal, une réalité autre située entre la plante et la bête.

Enfin, ayant posé son pinceau, il a admiré ce corps sur lequel s'épanouissaient les fleurs, oubliant même qu'il était supposé les filmer. La lumière baissait de plus en plus et la pénombre de cette fin d'après-midi s'accentuait sur le visage de Yŏnghye. Se ressaisissant, il s'est relevé.

— Mets-toi sur le côté.

Lentement, comme si elle bougeait au rythme berceur d'une musique, elle a plié les bras et les jambes, puis s'est tournée comme il l'avait demandé. Il a filmé ses flancs et ses hanches qui dessinaient une courbe douce, puis, en alternance, les fleurs nocturnes du dos et celles, rayonnantes, du devant. Il a terminé par la tache mongolique qui évoquait un reflet vert exposé à une lumière évanescente. Puis, après une hésitation, contrairement à ce qu'il s'était promis, il a filmé en gros plan, le visage orienté vers la fenêtre à présent complètement assombrie. Les lèvres un peu floues, le clair-obscur des pommettes saillantes, le front large qu'on apercevait entre les mèches de cheveux éparses, puis les deux yeux vides.

*

Elle se tenait dans l'entrée, les bras croisés, attendant qu'il ait chargé tout le matériel dans le coffre de sa voiture. Après avoir caché la clé dans une des chaussures de marche posées sur le palier, comme le lui avait demandé Minho, il lui a dit :

— Voilà. On y va.

Elle portait toujours son blouson par-dessus son pull, mais tremblait comme si elle avait froid.

— Tu veux qu'on aille dîner dans ton quartier ? Ou bien ici, si tu as faim ?

— Je n'ai pas faim… Mais, ça s'en va à l'eau ? a-t-elle demandé, comme s'il s'agissait là de son unique préoccupation, en désignant de l'index sa propre poitrine.

— Ça ne doit pas partir facilement. Il faudra peut-être laver plusieurs fois…

Elle lui a coupé la parole :

— Je voudrais que ça reste.

Surpris, il l'a dévisagée.

Une fois sortis, ils ont cherché une ruelle à restaurants. Comme elle ne mangeait pas de viande, il en a choisi un avec une enseigne qui annonçait de la cuisine de temple bouddhique. Ils ont commandé deux menus complets et on leur a servi une vingtaine de petits plats joliment présentés, ainsi que deux marmites de riz mélangé à des châtaignes et du ginseng. Tandis qu'il la regardait manger, il s'est rendu compte qu'il n'avait pas touché son corps nu au cours de ces quatre heures. Certes, son projet s'était limité dès le début à la filmer dévêtue, mais le fait qu'il n'avait pas ressenti aucun élan de concupiscence était plutôt inattendu.

Or à présent qu'il la contemplait, emmitouflée dans son pull épais, en train d'introduire la cuillère dans sa bouche, il a constaté la fin du miracle de l'après-midi, qui avait mis entre parenthèses le désir obsessionnel et douloureux de toute une année. Il voyait défiler la scène où il couvrirait de sa bouche ces lèvres en mouvement, où il la renverserait si violemment que tous les gens du restaurant pousseraient des cris. Il a baissé les yeux, avalé le riz et lui a demandé :

— Pourquoi ne manges-tu pas de viande ? J'ai toujours eu envie de te le demander, mais je n'ai jamais osé.

Elle a suspendu le mouvement de ses baguettes qui s'apprêtaient à prendre du soja et l'a regardé.

— Tu n'es pas obligée de me répondre, si c'est difficile, a-t-il ajouté tout en luttant pour dissiper l'évocation érotique qui se poursuivait dans un coin de son cerveau.

— Ce n'est pas difficile. Mais tu ne comprendras pas, a-t-elle déclaré tout en mâchant des légumes. C'est à cause des rêves.

— Des rêves ?

— Je fais des rêves… C'est pour ça que je ne mange pas de viande.

— De quoi… rêves-tu ?

— De visages.

— De visages ?

Constatant sa perplexité, elle a émis un faible rire qui lui a paru un peu sinistre.

— Je t'avais dit que tu ne comprendrais pas.

Il n'a pas osé lui demander : « Pourquoi dévoilais-tu

ta poitrine au soleil ? Comme un corps mutant en photosynthèse. Était-ce aussi à cause d'un rêve ? »

Après avoir arrêté la voiture devant son appartement, il en est descendu en même temps qu'elle.

— Merci pour tout.

Elle s'est contentée de sourire. Elle affichait cette expression paisible d'un être réfléchi qui lui rappelait un peu sa sœur. On aurait dit une femme normale, a-t-il pensé, pour se reprendre aussitôt : mais, elle l'est réellement. C'est plutôt moi qui déraille !

Après un hochement de la tête, elle a disparu dans l'entrée du petit immeuble. Il a attendu qu'elle allume la lumière, mais en vain. Tout en mettant le contact, il a évoqué son appartement, l'imaginant glisser dans le noir sous la couverture sans avoir lavé ce corps où foisonnaient de fleurs splendides et qui avait été à ses côtés jusqu'à quelques minutes auparavant, sans qu'il y ait touché.

Il en souffrait.

*

Quand il a sonné à la porte 709, il était exactement vingt et une heures vingt. « Chiu vient tout juste de s'endormir. Il n'a pas arrêté de réclamer sa maman », a expliqué à voix basse la femme qui a ouvert. Une petite fille de deuxième ou de troisième année de primaire, avec des couettes qui encadraient son visage, lui a tendu une tracto-pelle en plastique. En la remerciant, il l'a rangée dans son sac. Il est allé ouvrir la porte de chez lui, au 710, puis est revenu prendre doucement dans ses bras l'enfant assoupi. Le chemin menant à son lit, à l'autre bout du couloir, lui a semblé très long. Le garçonnet, qui avait cinq ans, suçait encore son pouce, ce qu'il faisait avec énergie dans ce moment même. Le bruit résonnait dans l'obscurité quand il a couché l'enfant.

Il a gagné le salon et, après avoir fermé la porte d'entrée, est allé s'asseoir sur le canapé. Après réflexion, il s'est levé pour ressortir. Il est descendu par l'ascenseur et est allé s'asseoir dans sa voiture. Après être resté un moment immobile, tenant le sac qui contenait les deux cassettes de 6 mm et son carnet, il a appelé sa femme.

— Et le petit ? a-t-elle aussitôt demandé.

Sa voix était grave.

— Il dort.

— Il a dîné ?

— J'imagine que oui. Il dormait quand je suis arrivé.

— Bon. Je serai là vers onze heures.

— Il est profondément endormi… Alors je pensais…

— Oui ?

— Je vais faire un saut au bureau… Je voudrais finir un travail.

Elle n'a pas répondu.

— Je ne crois pas qu'il va se réveiller. Il dort comme une souche. Ces jours-ci, il dort jusqu'au matin.

— …

— Tu m'écoutes ?

— Chéri…

À sa grande surprise, il lui a semblé qu'elle pleurait. C'était rare chez une personne aussi sensible au regard des autres. Sans doute était-elle seule dans la boutique ?

— Vas-y si tu veux.

Elle semblait s'être maîtrisée, mais ce qu'il a entendu alors, c'était un accent troublé qu'il ne lui connaissait pas.

— Je ferme maintenant et j'arrive.

Elle a raccroché. Jamais cette femme si courtoise ne le faisait la première, même quand elle était pressée. Il a hésité, le portable à la main, perplexe et en proie à un soudain sentiment de culpabilité. Il s'est demandé s'il allait retourner chez lui pour attendre sa femme, mais s'est ravisé et a mis le contact. À cette heure-ci, elle ne mettrait pas plus de vingt minutes pour rentrer. L'enfant ne se réveillerait probablement pas d'ici là. Surtout, il n'avait pas envie de rester dans le silence de l'appartement, encore moins de voir le visage de son épouse, qu'il devinait ombrageux.

Au bureau, il ne restait plus que Chunsu.

— Tu viens bien tard aujourd'hui. J'allais partir.

Il s'est dit qu'il avait bien fait de foncer sans hésiter. Il avait rarement l'occasion de se retrouver seul dans ce bureau partagé par quatre noctambules.

Pendant que Chunsu rangeait ses affaires et mettait son trench-coat, il a allumé l'ordinateur. En voyant les deux cassettes qu'il tenait à la main, Chunsu a semblé surpris.

— Tu as travaillé ?

— Oui.

Au lieu de faire des commentaires, l'autre s'est contenté de sourire et a ajouté :

— N'oublie pas de me montrer ça.

— D'accord.

Après avoir esquissé un salut militaire, Chunsu a placé les bras en position de sprinter pour signifier qu'il allait partir à toute allure pour lui laisser la place, puis il est sorti. Lui a souri. Après que le sourire s'est dissipé, il s'est dit que cela faisait bien longtemps qu'il n'avait pas souri.

*

Après avoir veillé toute la nuit, il a sorti de la machine la bande mère et éteint l'ordinateur.

Le résultat du tournage dépassait ses attentes. L'éclairage, l'atmosphère et les mouvements du corps étaient fascinants, à couper le souffle. Il s'est demandé pendant quelques instants quelle musique de fond il pourrait utiliser, mais l'absence totale de son était finalement ce qu'il y avait de mieux. L'harmonie entre les ondulations du corps, tout en douceur, les fleurs qui le recouvraient, la tache mongolique – et le silence, qui évoquait quelque chose d'essentiel, d'éternel.

Tout en luttant, pour la première fois depuis long-temps, contre la lassitude qu'engendre l'attente du rendu, il s'était accroché au travail en épuisant un paquet entier de cigarettes. Au final, l'œuvre durait quatre minutes cinquante-cinq secondes. Elle s'ouvrait sur sa main peignant le corps et se fermait sur la tache mongolique suivie en un fondu enchaîné du visage qui évoquait un désert et qu'on ne pouvait identifier à cause de l'obscurité.

«Tache mongolique 1 – fleurs de nuit et fleurs de jour», a-t-il noté sur l'étiquette de la bande mère tout en éprouvant des impressions qu'il n'avait pas connues depuis longtemps : la fatigue après une veille, les sensations à fleur de peau, comme si des grains de sable s'y incrustaient sur tout le corps, le sentiment d'étrangeté que provoquait n'importe quel objet autour de lui.

Alors des images ont envahi son champ visuel : celles d'une personne qui lui manquait, celles qu'il n'avait pas osées, celles qui, si elles se réalisaient, s'intituleraient «Tache mongolique 2». Celles qui étaient les seules qu'il voulait véritablement. Celles qui montreraient la copulation, dans un silence cosmique, d'un homme et d'une femme dont les corps seraient peints. La concentration des corps et des gestes francs qui s'ensuivraient. L'écran qui enchaînerait des gros plans sur les parties génitales, parfois violents, parfois tendres. Crus, mais où, justement à cause de leur caractère choquant et extrême, tout se purifierait dans la quiétude.

Tout en tripotant la bande mère, il a réfléchi. S'il devait choisir un homme qu'il pourrait filmer en même temps que sa belle-sœur, il fallait quelqu'un d'autre que lui-même. Il était parfaitement conscient de son ventre flasque, des bourrelets qui pendouillaient sur ses hanches, des lignes croulantes de ses fesses et de ses cuisses.

Au lieu de rentrer chez lui, il s'est dirigé vers un sauna proche. Tout en enfilant le T-shirt et le short qu'on lui avait donnés à l'accueil, il a jeté un regard désabusé sur ce que reflétait le miroir. C'était sûr, il ne faisait pas l'affaire. Qui alors ? À qui allait-il demander de faire l'amour avec sa belle-sœur ? Comme il ne s'agissait pas d'un film érotique, mimer ne suffisait pas. Il fallait filmer la scène où l'homme pénétrerait vraiment la femme. Mais qui ? Qui allait accepter de faire ça ? Et comment convaincre Yŏnghye ?

Il savait qu'il avait atteint une frontière. Mais il ne pouvait pas – il ne voulait pas – en rester là.

Dans le sauna rempli de vapeur, il a cherché à dormir. Il est resté les membres tendus dans ce lieu agréablement humide et chaud, pareil à une nuit d'été où il serait arrivé en remontant le temps. Toute son énergie étant épuisée, seules ces images qu'il n'avait pas réalisées enveloppaient comme une aura chaleureuse son corps fatigué.

*

Il l'a vue juste avant de sortir de son petit somme.

Sa peau était vert clair. Son corps était vautré devant lui, comme une feuille qui venait de se détacher de la branche et de commencer à se flétrir. La tache mongolique n'était plus là, mais la couleur verte était uniformément répandue sur tout le corps.

Il l'a retournée. Une forte lumière qui semblait provenir de son visage l'a ébloui, l'empêchant de voir la partie supérieure de sa poitrine. Il a écarté de ses deux mains ses cuisses dont l'élasticité lui disait qu'elle n'était pas endormie. Quand il l'a pénétrée, un liquide vert comme provenant d'une feuille écrasée a commencé à couler du sexe de la jeune femme. Une odeur d'herbe, à la fois agréable et âpre, rendait sa respiration difficile. Se retirant juste avant l'orgasme, il a découvert que son pénis était teinté de vert. Un jus frais, dont il était difficile de dire s'il venait d'elle ou de lui, avait colorié ses parties intimes jusqu'aux cuisses.

*

À l'autre bout de la ligne, elle gardait le silence.

— Yŏnghye…

— Oui.

Heureusement, elle avait répondu sans trop le faire attendre. Cela dénotait-il ne fût-ce qu'un peu de plaisir à l'entendre ? C'était difficile à dire.

— Tu t'es bien reposée hier ?

— Oui.

— J'ai une question à te poser.

— Dis.

— Tu as enlevé les dessins ?

— Non.

Il a émis un long soupir.

— Pourras-tu les garder ? Du moins jusqu'à demain. Je n'ai pas tout à fait fini. Je pense qu'il faudrait faire une autre séance.

— Je ne me suis pas lavée, parce que je ne voulais pas qu'ils s'effacent, a-t-elle répondu sur un ton neutre. Grâce à ça, je n'ai pas rêvé. J'aimerais bien que tu m'en fasses d'autres si un jour ça disparaît.

Il n'a pas compris exactement ce qu'elle entendait par là, mais il a serré plus fort le téléphone. C'est bon, s'est-il dit. Si elle est dans cet état d'esprit, elle va peut-être accepter. Tout accepter.

— Pourrais-tu revenir demain à l'atelier Sŏnbawi ?

— C'est d'accord.

— Il y aura une autre personne. Un homme.

— …

— Il va se déshabiller aussi et je dessinerai également des fleurs sur lui. Ça ne te gêne pas ?

Il a attendu. Il n'était plus inquiet, l'expérience lui ayant appris que ses silences équivalaient globalement à un acquiescement.

— C'est d'accord.

Après avoir reposé le récepteur, il a fait les cent pas dans le salon, croisant les doigts de ses mains. Il avait trouvé l'appartement vide quand il était rentré vers quinze heures, sa femme étant à sa boutique et le petit au jardin d'enfants. Il s'était d'abord demandé comment il allait expliquer à son épouse, puis avait finalement décidé de téléphoner d'abord à sa belle-sœur.

Il a appelé sa femme, car il ne pouvait pas faire autrement.

— Où es-tu ? a-t-elle demandé d'une voix plus perturbée que froide.

— Chez nous.

— Ça s'est bien passé, le travail ?

— Je n'ai pas pu finir. Je serai pris jusqu'à demain soir.

— D'accord… Repose-toi bien.

La conversation a été coupée. Il se serait senti mieux si elle avait crié, s'était mise en colère, l'avait accablé de remarques désagréables. Or sa prompte résignation et la morosité qui l'accompagnait le perturbaient. Il était conscient que c'était là le fruit de la gentillesse et de la faiblesse de son épouse et qu'il s'agissait pour elle d'un effort désespéré pour comprendre et respecter l'autre. Il était conscient que c'était lui qui était égocentrique et irresponsable. Mais à l'instant présent, il avait envie de crier haut et fort que sa patience et sa bonté l'asphyxiaient, le rendaient de plus en plus mauvais.

Une fois apaisé le tourbillon d'émotions – sentiment de culpabilité, regrets, hésitations… –, il a composé le numéro du portable de Chunsu comme prévu.

— Tu viens ce soir ? lui a demandé ce dernier.

— Non. J'ai travaillé toute la nuit, je me détends un peu.

— Je vois.

Chunsu respirait la confiance en soi, la jeunesse et la décontraction d'un homme de moins de trente ans. Il avait déshabillé dans sa tête cet homme qui n'était pas très costaud, plutôt maigre, mais d'apparence solide. Il s'était dit qu'il ferait l'affaire.

— J'ai un service à te demander.

— Qu'est-ce que c'est ?

— Tu as du temps libre demain ?

— J'ai un rendez-vous pour le dîner.

Il a donné à Chunsu, qui paraissait s'interroger, l'adresse de l'atelier de Minho.

— Ça prendra juste deux ou trois heures dans l'après-midi, ça ne durera pas jusqu'au soir, a-t-il expliqué.

Puis, revenant sur ce qu'il avait dit, il a ajouté :

— Tu m'as dit hier que tu voulais voir ce que j'avais fait ?

Chunsu a répondu par un « oui » spontané.

— J'arrive.

Il a raccroché.

Il espérait que la cassette sur laquelle il avait travaillé toute la nuit allait plaire au styliste méticuleux qu'était Chunsu et stimuler sa curiosité. Accommodant par nature, il aurait par ailleurs du mal à refuser une demande formulée par un collègue. Il avait un bon pressentiment, quoique pas de certitude.

*

Chunsu est arrivé plus tôt que prévu. Il semblait impatient, alors que, d'habitude, c'était un homme qui ne se pressait pas, conformément à sa devise : *Take it easy*.

— J'ai le trac.

Tout en lui servant du café, il a de nouveau déshabillé mentalement Chunsu. Il n'était pas mal et formerait avec elle un joli couple.

La veille dans l'après-midi, il était tout excité en regardant la cassette.

— C'est incroyable… C'est presque magique ! Comment as-tu réussi à faire un truc pareil ? Je t'ai toujours trouvé un peu simpliste… Oh pardon !

Le regard et la voix de Chunsu exprimaient une sympathie certaine, qu'il n'y avait jamais trouvée auparavant.

— Comment peut-on changer à ce point? Comment dirais-je… C'est comme si un géant t'avait soulevé pour t'emporter dans un autre monde… Quelles couleurs!

Chunsu n'avait pas tout à fait tort, même s'il n'aimait pas sa façon de parler, bruyante et sentimentale, typique de son âge. Jamais de telles teintes n'avaient jailli de lui de cette façon. C'était comme si une palette de nuances éclatantes avait rempli l'intérieur de son corps et que cette énergie avait fini par fuser au-dehors. Il était en train de vivre passionnément. C'était nouveau pour lui, il n'avait jamais connu cela auparavant.

J'étais sombre, pensait-il parfois. Il était sombre. Il était dans l'ombre. Ce monde noir et blanc, d'où étaient bannies ces couleurs qu'il projetait en ce moment, était beau et placide, mais il sentait qu'il ne pourrait plus jamais y retourner. Qu'il avait perdu à jamais le bonheur que lui procurait cette sérénité. Il ne souffrait pas d'un sentiment de perte. Il n'avait déjà pas assez de tonus pour supporter les stimulations et les douleurs que lui procurait cet univers mouvementé du moment.

Encouragé par les compliments de Chunsu, il lui avait dévoilé son projet, son visage trahissant son excitation. Quand il lui avait demandé de lui servir de modèle, en lui montrant le programme de la chorégraphie et son carnet de croquis, Chunsu avait semblé perplexe.

« Pourquoi moi ? Il y a des modèles professionnels, des comédiens…

— Ton corps me plaît. Celui d'un modèle ne ferait pas l'affaire. Tu es l'homme qu'il me faut.

— Tu veux dire qu'il faut que je pose comme ça avec cette femme ? Je ne pourrais pas ! »

Pour convaincre Chunsu qui en sautait en l'air, il avait supplié, menacé et s'était efforcé de le tenter.

— Personne ne saura, on ne verra pas ton visage. Et puis cette femme, tu n'as pas envie de la rencontrer ? Elle pourrait t'inspirer dans ton travail.

Il avait répondu qu'il allait réfléchir, puis appelé le matin suivant pour dire qu'il acceptait. Cependant, comme il n'en avait pas fait mention, Chunsu était loin d'imaginer que ce qu'il voulait, c'était de véritables rapports sexuels.

— Elle est en retard ! lui a fait remarquer Chunsu, tout en regardant par la fenêtre.

Lui-même se sentait fébrile. Comme elle lui avait assuré qu'elle pouvait retrouver son chemin à partir de la station de métro, il n'était pas allé la chercher et ils l'attendaient dans l'atelier.

— Je devrais peut-être aller à sa rencontre.

Alors qu'il se levait et saisissait son blouson, il a entendu quelqu'un frapper à la porte, qui était en verre dépoli.

— Ah, la voilà !

Chunsu a posé sa tasse de café.

Elle portait le même jean et un gros pull noir. Elle s'était sans doute lavé les cheveux, d'un noir de jais naturel, car ils étaient mouillés et pendaient autour de son visage. Elle les a regardés successivement, Chunsu et lui, avant d'esquisser un léger sourire. Tout en lissant sa chevelure, elle a déclaré :

— Je me suis lavé les cheveux en faisant attention. J'avais peur d'effacer les fleurs du cou…

Chunsu a esquissé un sourire. Il a soudain semblé se détendre, sans doute en constatant l'apparence décontractée de la jeune femme.

— Déshabille-toi.

— Moi ? s'est-il exclamé en écarquillant les yeux.

— Pour elle, le travail est fait. À ton tour.

Souriant d'un air gêné, il s'est retourné pour ôter ses vêtements.

— Le slip aussi.

D'un geste hésitant, Chunsu l'a enlevé, ainsi que ses chaussettes. Comme il s'y était attendu, son corps était élancé, sans muscles ni graisse apparents. En dehors de l'abondante toison de son bas-ventre, sa peau était blanche et lisse. Il s'est senti jaloux de ce corps.

Comme il l'avait fait avec elle, il lui a demandé de s'allonger sur le ventre et s'est mis à dessiner des fleurs en commençant par la nuque. Il a opté pour le bleu. À l'aide d'un grand pinceau, il a tracé rapidement des traits comme agités par le vent, qui donnaient l'impression que s'abattait une multitude d'hortensias.

— Allonge-toi sur le dos.

Autour du sexe, il a alors dessiné une fleur géante

de la couleur pourpre du sang frais. Il a fait en sorte que les poils du pubis apparaissent comme un calice et le sexe comme un pistil. Assise sur le canapé, une tasse de thé à la main, elle le regardait opérer. Quand il a suspendu en l'air son pinceau, il a découvert que le sexe de Chunsu s'était légèrement durci.

Il s'est levé en respirant fort, puis a remplacé par une autre la cassette, où il restait pourtant encore assez de pellicule vierge. Se retournant, il a ordonné à la jeune femme :

— Déshabille-toi.

Elle s'est exécutée. Le soleil n'était pas aussi rayonnant que la veille, mais la fleur dessinée au milieu de ses seins chatoyait de façon splendide. Contrairement à Chunsu, elle était calme. On aurait pu penser à la voir qu'il était plus naturel d'être nu que vêtu. Chunsu, lui, était assis, les genoux redressés. Son visage était tendu et exprimait une évidente fascination.

Sans qu'il ait eu besoin de le lui demander, elle s'est approchée de Chunsu. Comme pour l'imiter, elle s'est assise sur le drap en adoptant la même position que lui. Son visage inexpressif formait un contraste bouleversant avec son corps resplendissant.

— Qu'est-ce qu'on fait maintenant ? a demandé Chunsu, qui se sentait probablement obligé de prendre l'initiative.

Il avait le visage rouge, mais son sexe avait perdu sa raideur.

— Tu prends cette femme sur tes genoux.

Il l'avait désignée avec les premiers mots qui lui étaient venus à l'esprit, Chunsu ignorant qu'elle était sa belle-sœur. La caméra à la main, il s'est approché du couple. Une fois fait ce qu'il avait demandé, il a ordonné :

— Attire-la vers toi.

Chunsu a saisi les épaules de la jeune femme de ses mains tremblantes.

— Merde, t'as jamais fait ça avant ? Joue un peu, caresse sa poitrine !

Chunsu s'est essuyé le front du revers de la main. À ce moment-là, elle s'est tournée lentement pour lui faire face. Une main posée sur sa nuque, elle a commencé à caresser de l'autre la fleur rouge qu'il venait de dessiner sur le corps de son partenaire. Un temps dont il était difficile d'estimer la durée s'est écoulé, pendant lequel on n'entendait que les trois respirations. Peu à peu, les tétons de l'homme se sont contractés et son sexe s'est redressé. Comme si elle avait vu préalablement les esquisses qu'il avait réalisées, elle a frotté son cou contre celui de Chunsu, à la manière dont un échassier en caresse un autre.

— C'est bien ! Vraiment bien !

Il a filmé la scène sous plusieurs angles jusqu'à ce qu'il trouve le meilleur.

— Bien… Continuez ! Laissez-vous tomber comme ça, l'un sur l'autre.

Elle a appuyé doucement sur la poitrine de Chunsu pour qu'il s'allonge sur le drap. Tendant les deux mains, elle a caressé l'un après l'autre les pétales écarlates au-dessus du bas-ventre. Il s'est placé derrière elle avec sa caméra, a filmé les abondantes fleurs pourpres de son dos et la tache mongolique qui bougeait au gré de ses mouvements. C'est exactement ça, s'est-il dit en serrant les dents. Si seulement il pouvait aller un peu plus loin.

Le pénis de Chunsu dardait à présent, tandis que son visage trahissait son embarras. Elle s'est étendue doucement sur lui, sa poitrine contre la sienne. Ses fesses se sont soulevées. Il les a filmés de côté. L'espace laissé libre entre le corps de la femme, courbé comme celui d'un chat, le ventre et le sexe turgescent de l'homme avaient quelque chose de grotesque, évoquant l'accouplement de deux plantes géantes. Lorsqu'elle s'est redressée pour s'asseoir sur le ventre de son partenaire, il a balbutié :

— Est-ce que...

Il les a regardés alternativement.

— Vous pourriez le faire en vrai ?

Elle n'a pas bronché, mais Chunsu l'a repoussée comme s'il venait de toucher quelque chose de brûlant. Il a caché son sexe en redressant ses genoux, puis déclaré :

— Quoi, tu veux filmer du porno ?

— Tu n'es pas obligé, si ça te gêne. Mais si ça pouvait arriver naturellement...

— J'abandonne.

Chunsu s'est levé.

— Un instant, attends un peu ! Je n'insiste pas. Tu n'as qu'à continuer comme avant.

Il l'a agrippé par l'épaule. Peut-être l'a-t-il fait sans s'en rendre compte avec un peu trop de force, car Chunsu a poussé un cri et s'est dégagé.

— Écoute… Fais pas ça !

Sa voix, où se mêlaient impatience et supplication, a paru faire retomber la colère de Chunsu :

— Je te comprends… Moi aussi, je suis un artiste. Mais là, je dis non. Qui est cette femme ? Elle n'a pas l'air d'une professionnelle. Et même, à supposer que c'en soit une, crois-tu que tu aies le droit de faire ça ?

— J'ai compris. Je t'assure, j'ai compris. Je suis désolé.

Chunsu est revenu sur le drap, mais l'excitation et l'ambiance sensuelle de l'instant précédent s'étaient complètement évanouies. Le visage figé de quelqu'un se résignant à subir un châtiment, il a pris la femme dans ses bras pour la coucher. Lorsque les deux corps se sont rejoints comme deux pétales, elle a fermé les yeux. Si Chunsu avait accepté de jouer le jeu, elle se serait laissé faire sans rien dire, il le sentait.

— Bougez tout en gardant cette position.

Lentement, comme à contrecœur, Chunsu a mimé l'acte sexuel en remuant ses hanches d'avant en arrière. Il a vu que la plante des pieds de la femme se crispait et que ses mains serraient fort le dos de Chunsu. Comme pour compenser la froideur de son partenaire, elle paraissait s'embraser. Cette séquence s'est prolongée une dizaine de minutes, temps qui lui a paru court et pendant lequel il a filmé de belles choses en variant l'angle – mais probablement interminable pour Chunsu.

— C'est fini ? a demandé ce dernier, le visage

empourpré jusqu'au front, non par l'excitation mais par la gêne.

— Encore un peu, et puis ce sera fini.

Puis, avalant la salive, il a poursuivi :

— Par-derrière, avec elle couchée sur le ventre. C'est vraiment la dernière séquence. Mais c'est la plus importante. Ne me dis pas que ce n'est pas possible !

Chunsu a éclaté d'un rire qui ressemblait à un sanglot :

— Ça va comme ça ! Vraiment, ça suffit ! Restons-en là avant que ça ne devienne trop moche. J'ai eu ma dose d'« inspiration ». J'ai compris ce que les acteurs de porno doivent ressentir... C'est affreux !

Le repoussant, alors qu'il tentait de le faire revenir sur sa décision, Chunsu a entrepris de se rhabiller. Il a serré les dents en voyant disparaître sous une chemise grise son œuvre, ce tourbillon de fleurs dont il ne se sentait pas encore détaché.

— Je te comprends, va. Ne crois pas que j'ai l'esprit étroit. Je me suis rendu compte aujourd'hui que j'étais une personne plus saine que je le pensais. J'avais accepté de jouer le jeu par curiosité, mais c'est insupportable. Cela signifie sans doute que je dois passer par plus d'épreuves... Mais avant tout, il me faut du temps. Je suis désolé.

Il y avait du vrai dans ce qu'il disait et il semblait plus ou moins blessé. Après l'avoir salué d'un hochement de tête et s'être contenté de jeter un vague coup d'œil sur la jeune femme qui se tenait près de la fenêtre, il s'est précipité vers la porte.

*

La voiture de Chunsu a quitté la cour après un démarrage bruyant.

— Je suis désolé, a-t-il déclaré à la jeune femme qui remettait son pull.

Elle n'a pas répondu. Elle s'est contentée de lancer un petit rire dans le vide, suspendant son geste alors qu'elle était en train de remonter la fermeture éclair de son pantalon.

— Pourquoi ris-tu ?

— Je suis toute mouillée...

Hébété comme s'il avait reçu un coup, il l'a regardée. Elle paraissait réellement embarrassée, car elle se tenait là, indécise, sans pouvoir se décider à baisser ou à remonter la fermeture. Il a réalisé à ce moment-là qu'il tenait toujours la caméra. Il l'a reposée et est allé à grandes enjambées verrouiller la porte que Chunsu venait d'emprunter. Comme si cela ne suffisait pas, il a également mis la chaîne de sécurité. Ensuite, presque en courant, il est revenu prendre la jeune femme dans ses bras et l'a fait tomber sur le drap. Lorsqu'il lui a baissé son jean jusqu'aux genoux, elle a protesté :

— Non !

Joignant le geste à la parole, elle l'a repoussé violemment, s'est levée et a remonté son pantalon. Il a vu la fermeture éclair se fermer et le crochet se fixer. Il s'est redressé à son tour, s'est approché d'elle et a plaqué contre le mur le corps encore enfiévré. Alors qu'il tentait d'introduire sa langue dans sa bouche en

126

écrasant ses lèvres sur les siennes, elle l'a à nouveau durement écarté.

— Pourquoi non ? Parce que je suis ton beau-frère ?

— Ce n'est pas ça.

— Tu as dit que tu étais toute mouillée.

— …

— C'est lui qui te plaisait ?

— Ce n'est pas ça. Les fleurs…

— Les fleurs ?

Soudain le visage de la jeune femme a blêmi de façon presque effrayante. Sa lèvre inférieure rougie parce qu'elle la mordait tremblait de façon impercep-tible. Alors elle s'est expliquée :

— J'en avais vraiment envie… Comme jamais auparavant. C'est à cause des fleurs qui couvraient son corps… Je ne pouvais pas y résister. C'est tout.

Elle lui a tourné le dos et, d'un pas décidé, s'est dirigée vers la sortie. Il l'a regardée faire, puis lui a dit, tandis qu'elle enfilait rapidement ses baskets.

— Si ce n'est que ça…

Sa propre voix a résonné à ses oreilles comme un cri :

— Si je dessine des fleurs sur mon corps, tu vas m'accepter ?

Elle s'est retournée pour le fixer. Bien sûr que oui, il n'y a pas de raison, semblaient dire ses yeux. Enfin, c'était du moins ce qu'il croyait y lire.

— Et je pourrais… filmer ?

Elle a souri. Vaguement, comme pour dire qu'elle ne refusait rien, qu'elle n'en éprouvait pas le besoin.

Ou bien comme si, en silence, elle se moquait de quelque chose.

*

Je voudrais mourir.
Je voudrais mourir.
Alors meurs.
Crève !

Agrippé au volant de sa voiture, il ne comprenait pas pourquoi il pleurait. Il avait failli à plusieurs reprises mettre en marche les essuie-glaces, avant de se rendre compte qu'il voyait flou non à cause du pare-brise, mais de ses propres yeux. Il ne comprenait pas pourquoi ces mots : « Je voudrais mourir », ne cessaient de jaillir du fond de son cerveau comme une incantation. Ni pourquoi la réponse : « Alors meurs » l'envahissait aussi inlassablement, comme si quelqu'un d'autre en lui-même l'avait écouté. Ni même la raison pour laquelle son corps tremblant ne se sentait apaisé comme par magie que par ces propos, dont il avait l'impression qu'il s'agissait d'un échange entre deux personnes qui lui étaient étrangères.

La sensation que son cœur, ou plutôt tout son corps, était la proie d'un incendie l'a poussé à baisser complètement les vitres. Il a foncé dans une artère obscure, enveloppé par le vent nocturne et le bruit assourdissant de la circulation. Un frisson parti de ses mains l'a parcouru tout entier. Il claquait les dents tandis qu'il appuyait sur l'accélérateur. Chaque fois qu'il jetait un coup d'œil sur le compteur de vitesse, il sursautait et se frottait les yeux de ses doigts fébriles.

Quand elle est sortie par la porte de son immeuble, Kyŏng portait une robe noire et un gilet blanc. Leur liaison durait depuis quatre ans quand elle y avait mis fin et avait épousé un camarade de l'école primaire qui venait de réussir le concours de la magistrature. Sans doute grâce au soutien financier de son mari, elle menait à bien à la fois sa vie conjugale et sa carrière d'artiste. Elle avait conquis certains collectionneurs de la rive sud[1] à travers de multiples expositions personnelles, avec, en bruit de fond, la jalousie et les ragots de son entourage.

Elle a tout de suite remarqué sa voiture, dont les feux de détresse étaient allumés. Il lui a crié :

— Monte !

— On me connaît ici, à commencer par le gardien ! C'est quoi cette histoire, à une heure pareille ?

— Monte, je vais t'expliquer.

À contrecœur, elle est venue s'asseoir à côté de lui.

— Ça fait longtemps… Désolé de surgir aussi brusquement.

— C'est vrai que ça fait longtemps. Ça ne te ressemble pas. Ne me dis pas que je t'ai manqué !

Sans répondre, il a passé une main nerveuse sur son front :

— J'ai un service à te demander.

— Je t'écoute.

---

1. Où se regroupent les nouveaux riches de la capitale.

129

— Ça risque d'être un peu long… Allons à ton atelier. Il n'est pas loin, n'est-ce pas ?

— Cinq minutes à pied. Mais pourquoi ?

D'un tempérament impétueux, Kyŏng a haussé la voix comme pour signifier qu'elle exigeait une réponse immédiate. Sa vivacité de battante, qui lui avait tant pesé autrefois, l'a enchanté. Il avait envie de l'embrasser, mais il ne s'agissait de rien de plus que de la réminiscence d'un vieux sentiment. Le désir qui brûlait dans son corps, comme si on y avait injecté de l'essence, avait pour seul objet sa belle-sœur, qu'il venait de conduire chez elle. « Attends-moi », lui avait-il dit alors qu'elle lui tournait le dos. « Reste comme tu es, je reviens. » Puis il s'était précipité à la recherche de l'unique personne qui à la fois était capable de réaliser les dessins qu'il voulait, connaissait son corps et serait prête à lui rendre le service urgent qu'il demanderait.

— Une chance que mon mari travaille ce soir ! Il se serait posé des questions, a déclaré Kyŏng en allumant la lumière dans son atelier. Montre les esquisses dont tu m'as parlé tout à l'heure.

Kyŏng examina le contenu de son carnet d'un air sérieux.

— Amusant. Je suis surprise… Je ne te connaissais pas cette façon de traiter les couleurs. Mais…

Elle a poursuivi tout en tripotant son menton pointu :

— Ça ne te ressemble pas. Tu vas pouvoir exposer ça ? Ton surnom, c'était « le prêtre de mai ». Un prêtre

130

lucide, l'image d'un ecclésiastique inflexible... C'est ça que j'aimais en toi.

Elle l'a fixé par-dessus ses lunettes à monture en plastique.

— Tu tentes une métamorphose? C'est une transformation un peu radicale, non? Je sais que ce n'est pas à moi de te dire de faire ceci ou cela...

N'ayant pas envie d'engager une polémique avec elle, il s'est contenté d'ôter ses vêtements. Elle a semblé surprise, mais a entrepris de disposer des couleurs sur une palette. Puis elle a dit, tout en choisissant un pinceau :

— Ça faisait longtemps que je ne t'avais pas vu nu.

Par chance, elle n'a pas ri. Si elle l'avait fait, même sans arrière-pensée, il l'aurait vécu comme une cruelle moquerie.

Elle s'est mise à peindre avec beaucoup d'application. Le pinceau était froid et la sensation ressemblait à celle provoquée par une caresse, à la fois chatouillante et électrisante, insistante et efficace.

— Je vais essayer de ne pas y mettre mon propre style. Comme tu sais, j'aime l'image de fleurs, j'en ai dessiné pas mal... Tes touches ont beaucoup de force. Je vais essayer de rendre ça.

Quand enfin elle a déclaré : «Je crois que c'est bon», il était minuit passé.

— Merci, a-t-il dit tout en tremblant de froid, car la séance avait duré longtemps.

— J'aurais aimé te donner un miroir pour que tu puisses te regarder, mais ici je n'en ai pas.

Il a regardé son torse, son ventre et ses jambes qui

avaient la chair de poule, ainsi que les grandes fleurs rouges qui y étaient dessinées.

— Ça me plaît. C'est mieux que ce que j'ai fait.

— Je ne sais pas ce que tu penseras du dos. J'ai eu l'impression, d'après tes esquisses, que c'est à ça que tu accordais le plus d'importance.

— C'est sûrement bien, je te fais confiance.

— Je voulais rester au plus près de tes touches, mais je crois qu'on y devine inévitablement les miennes.

— Je te remercie, vraiment.

Puis elle a ri.

— Quand tu t'es mis tout nu tout à l'heure, ça m'a un peu excitée...

— Alors ? a-t-il répliqué distraitement tout en se rhabillant.

Quand il a mis son blouson, il a eu moins froid, mais son corps était encore engourdi.

— Maintenant tu as un air...

— Vas-y !

— Un peu pitoyable. Toi avec toutes ces fleurs sur le corps... J'ai comme de la compassion. Je n'avais jamais ressenti ça à ton égard auparavant.

S'approchant de lui, elle a boutonné le dernier bouton sous le col de sa chemise.

— J'espère que tu vas m'accorder au moins un baiser, après m'avoir réquisitionnée comme ça en pleine nuit !

Sans attendre sa réponse, elle a posé ses lèvres sur les siennes, réveillant en lui le souvenir de plusieurs centaines de baisers. Il avait envie de pleurer, sans savoir si c'était à cause de la nostalgie, de l'amitié ou de la crainte à la perspective de ce point de non-retour où il était parvenu.

*

Comme il était très tard, il n'a pas sonné, mais frappé de légers coups sur la porte. Puis il a essayé de l'ouvrir, sans attendre la réponse. Elle n'était pas verrouillée.

Il a pénétré dans l'obscurité de l'intérieur. La porte-fenêtre du balcon laissant filtrer la lumière des réverbères, il pouvait quand même distinguer les objets, ce qui ne l'a pas empêché de heurter le meuble à chaussures.

— Tu dors ?

Il a posé le matériel de tournage qu'il avait apporté. Quand il s'est avancé vers le matelas après s'être déchaussé, il a distingué une silhouette assise dans le noir. Malgré l'obscurité, il a su qu'elle était nue. Elle s'est levée et s'est approchée de lui.

— Veux-tu que… j'allume ?

Il avait une voix enrouée, grinçante. La réponse est venue, étouffée :

— Ça sent bon, la peinture.

Il a couru vers elle en gémissant. Il a oublié l'éclairage, le film. Il a entièrement succombé à la pulsion jaillissante.

Il l'a couchée en rugissant. Une main agrippant son sein, il a léché toutes les parties de son visage qu'il rencontrait, les lèvres et le nez, et entrepris d'ôter sa chemise en arrachant les boutons du bas.

Enfin nu, il l'a pénétrée en écartant brutalement ses cuisses. Des halètements bestiaux et des gémissements proches du hurlement résonnaient à ses oreilles – les siens, comme il a fini par le comprendre, ce qui l'a fait frissonner. Jamais auparavant il n'avait crié en faisant l'amour. Seules les femmes, selon lui, le faisaient. Dans un mouvement d'agonie, il a laissé fuser son sperme dans le sexe abondamment mouillé qui l'enserrait avec une force contractile presque effrayante.

*

— Je suis désolé, a-t-il dit en palpant son visage dans le noir.

En guise de réponse, elle lui a demandé :

— Je peux allumer ?

Sa voix était calme.

— Pourquoi ?

— Je veux voir.

Elle s'est levée, puis s'est dirigée vers l'interrupteur. Le coït, n'ayant pas duré plus de cinq minutes, elle ne semblait pas du tout fatiguée.

L'intérieur soudain éclairé, il s'est caché les yeux derrière ses deux mains jusqu'à ce qu'il ne soit plus ébloui. Elle était adossée contre le mur. La floraison sur son corps était toujours aussi belle.

Prenant soudain conscience de sa propre nudité, il a posé une main sur son pénis qui pendouillait.

— Ne le cache pas... C'est bien. On dirait que les pétales ont des rides.

Elle s'est lentement approchée, puis s'est penchée

134

sur lui. Comme elle l'avait fait avec Chunsu, elle s'est mise à caresser les fleurs sur sa poitrine.

— Attends !

Il s'est levé, puis est retourné à l'entrée. Toujours nu, il a installé le trépied et a fixé la caméra assez près du sol. Il a redressé le matelas pour le plaquer contre la porte du balcon, puis déployé le drap blanc qu'il avait apporté. Comme il l'avait fait dans l'atelier de Minho, il a installé des spots au niveau du plancher.

— Veux-tu t'allonger ?

Elle a obéi et il a ajusté l'orientation de la caméra en fonction des ébats qu'il imaginait.

Elle était allongée de tout son long dans la lumière aveuglante. Il s'est étendu sur elle avec précaution. Ressemblaient-ils à des fleurs accouplées, comme cela avait été le cas avec Chunsu ? Ou bien à un seul corps où s'entremêlaient le végétal, l'animal et l'humain ?

Il a modifié l'angle de prise de vue de la caméra chaque fois qu'ils changeaient de position. Avant de la prendre par-derrière, ce que Chunsu avait refusé de faire, il a d'abord filmé ses fesses en un plan rapproché assez long. Après l'avoir pénétrée, il lui a fait l'amour, un œil sur l'écran de contrôle.

Tout était parfait. C'était exactement comme il l'avait dessiné. Sa fleur rouge se refermait et se rouvrait sur la tache mongolique de la jeune femme, son sexe, tel un énorme pistil, faisait des allers et retours dans son corps. Il en tremblait. C'était une union horrible entre deux images, la plus laide et la plus belle.

Chaque fois qu'il fermait les yeux, il revoyait la teinte verte du jus d'herbe poisseux qui lui mouillait la verge, le ventre et les cuisses.

Enfin, il s'est allongé sur le dos et elle l'a chevauché. Là encore, il a choisi l'angle qui permettait de distinguer sa tache mongolique.

« Infiniment, infiniment... » se disait-il, parcouru de frissons de plaisir, quand elle a éclaté en sanglots. Jusque-là, soit pendant près d'une demi-heure, elle n'avait pas poussé un seul gémissement, se contentant de lui faire sentir physiquement le plaisir enivrant qu'elle éprouvait, les yeux fermés, ses lèvres frémissant de temps à autre. Il fallait conclure. Il s'est redressé. Tout en la prenant dans ses bras, il s'est rapproché de la caméra qu'il a éteinte à tâtons.

L'image devait fixer ces instants en excluant le paroxysme final. Dans le silence, dans l'extase, à l'infini. Il fallait donc arrêter de tourner. Après avoir attendu que ses sanglots se calment, il l'a couchée. Les dernières minutes ont tiré d'elle des claquements de dents, des cris primitifs et violents, des « Arrête ! » haletants et d'autres larmes.

Puis le calme est revenu dans la pièce.

*

Dans la pénombre bleuâtre de l'aube, il a longuement léché ses fesses.

— J'aimerais bien l'avoir sur ma langue.

— Quoi donc ?

— Cette tache mongolique.

136

Un peu surprise, elle s'est retournée pour le regarder.

— Comment se fait-il que tu l'aies encore ?

— Je ne sais pas. Je croyais que c'était normal. Un jour, au bain collectif… je me suis rendu compte que j'étais la seule.

Sa main a quitté sa taille pour caresser la tache. Il s'est dit qu'il avait envie de la partager avec elle, cette marque qui ressemblait à un stigmate. Je veux t'avaler, te faire fondre et te faire couler dans mon sang.

— Vais-je être libérée de mes rêves ? a-t-elle murmuré d'une voix à peine audible.

— Tes rêves ? Ah, les visages… Ce sont des visages disais-tu, n'est-ce pas ? lui a-t-il répondu tandis qu'il sentait le sommeil le gagner. Les visages de qui ?

— Ça change chaque fois. Quelquefois, un visage qui me semble très familier, et d'autres fois parfaitement inconnu. Il arrive qu'il soit couvert de sang… Et même, qu'il ressemble à celui d'un cadavre décomposé.

Il a soulevé ses paupières alourdies pour la regarder. Ses yeux brillaient dans la semi-obscurité, comme si elle n'était pas du tout fatiguée.

— J'ai cru que c'était à cause de la viande, a-t-elle dit. Je m'étais dit qu'il suffirait de ne pas en manger pour ne pas faire ces rêves.

Il essayait de se concentrer sur ses propos, mais ses yeux se sont fermés, indépendamment de sa volonté.

— À présent… j'ai compris. Ces visages vivent dans mon ventre. Ils viennent de là.

Bercé par ses propos qu'il avait du mal à suivre, il

a plongé, en une interminable chute verticale, dans le sommeil.

— Maintenant je n'ai plus peur... Ça ne me fera plus peur.

*

Quand il s'est réveillé, elle était encore endormie.

Le soleil brillait. Ses cheveux étaient étalés comme une crinière et le drap, tout froissé, enveloppait la partie inférieure de son corps. Son odeur, qui évoquait celle d'un nouveau-né, avait empli toute la maison, mêlée à un relent épicé et aigre, mais en même temps sucré, écœurant et amer.

Quelle heure était-il ? Il a sorti son téléphone portable de la poche de son blouson, jeté la veille sur le sol. Il était une heure de l'après-midi. Il devait être environ six heures du matin quand il s'était endormi. Il avait donc dormi comme un mort pendant sept heures. Il a enfilé son slip et son pantalon, puis s'est mis à ranger son matériel, en commençant par les spots et le trépied. Il ne voyait pas la caméra. Après le tournage, il l'avait posée à part, près de l'entrée, par crainte de la bousculer.

Se demandant si elle s'était levée pour la ranger ailleurs, il s'est dirigé vers la cuisine pour vérifier si elle ne l'y avait pas posée sur un meuble. Il allait y pénétrer, quand il a aperçu un objet blanc sur le sol. C'était une cassette de 6 mm. Étrange, s'est-il dit en la ramassant. Une fois entré dans l'autre pièce, il a distingué une femme dont le visage était posé sur la table. Sa femme.

Il y avait à côté d'elle des gamelles enveloppées dans du tissu. Elle tenait son téléphone portable à la main. La caméra, ouverte, gisait sous la table. Elle l'avait sûrement entendu s'approcher, mais elle est restée immobile.

— Ché…

N'en croyant pas ses yeux et saisi de vertige, il a balbutié :

— Chérie…

Elle a enfin levé la tête, puis s'est levée. C'était, a-t-il vite compris, non pour s'approcher de lui, mais pour empêcher qu'il le fasse. Sur un ton qui ne laissait deviner aucun sentiment, elle a déclaré :

— Cela faisait longtemps que je n'avais pas eu de nouvelles de Yŏnghye… Je suis venue la voir avant d'aller travailler. J'avais préparé quelques plats.

Sa voix était tendue, mais elle s'efforçait de garder son calme, comme si elle avait à se justifier. Il connaissait cette intonation, lente et basse, légèrement vibrante, que sa femme adoptait quand elle voulait dissimuler à tout prix ses émotions.

— Comme la porte n'était pas verrouillée, je suis entrée. J'ai d'abord vu Yŏnghye, couverte de peinture, ce que j'ai trouvé étrange… Tu étais tourné vers le mur et enveloppé dans une couverture, je ne t'ai pas reconnu tout de suite.

Elle a balayé ses cheveux de la main qui tenait le téléphone et qui, comme l'autre, était agitée par un fort tremblement.

— Je me suis dit que d'une part, elle avait un amant et que, d'autre part, vu ce qu'elle avait sur le corps, elle avait sûrement une nouvelle crise. Je me suis demandé si je devais la laisser tranquille… Mais par ailleurs, je devais la protéger de cet inconnu… Dans l'entrée, j'ai trouvé une caméra qui m'était familière et je l'ai rembobinée comme tu m'as appris à le faire…

Elle a poursuivi posément son discours, mais on pouvait sentir que cette maîtrise de soi requérait tout le courage qu'elle pouvait puiser en elle.

— Et alors je t'ai vu sur l'écran.

Ses yeux trahissaient un choc indescriptible, la frayeur, le désespoir, mais son visage, au contraire, était impassible. Réalisant soudain que son corps à moitié nu devait provoquer du dégoût chez sa femme, il a entrepris de chercher sa chemise.

Il l'a trouvée du côté de la salle de bains. Il a déclaré tout en l'enfilant :

— Chérie, je vais t'expliquer. Peut-être que tu vas avoir du mal à comprendre…

Haussant brusquement la voix, elle l'a interrompu :

— J'ai appelé une ambulance.

— Quoi ?

Le visage blême, elle a reculé pour le tenir à distance alors qu'il esquissait un mouvement dans sa direction.

— Vous avez besoin de vous faire soigner, tous les deux.

Il a mis plusieurs secondes à comprendre le sens de cette phrase.

— Tu veux me faire interner dans un hôpital psychiatrique ?

À ce moment-là, on a entendu un bruissement provenant du matelas. Il a retenu sa respiration, sa femme en a fait autant. Entièrement nue, Yŏnghye était en train de se redresser hors du drap. Il a vu sa femme laisser couler ses larmes.

— Salopard ! a-t-elle murmuré tout en avalant ses sanglots. Elle n'a même pas encore retrouvé toute sa tête... Comment as-tu pu...

Ses lèvres mouillées palpitaient.

Yŏnghye, réalisant enfin la présence de sa sœur, lançait dans leur direction un regard vide. Pour la première fois, il s'est dit que ses yeux où se mêlaient le présent et un ailleurs étaient ceux de l'enfance – ou même ceux d'avant l'enfance, de l'innocence.

Lentement la jeune femme s'est retournée, a marché vers le balcon. Elle a ouvert la porte à glissière et un vent frais s'est engouffré dans l'appartement. Il a vu sa tache mongolique vert clair, les traces de sa propre salive et de son sperme qui y étaient collées comme de la sève. Soudain il a pensé qu'il avait tout vécu, qu'il avait vieilli et qu'il n'aurait pas de regrets, même s'il devait mourir à l'instant même.

La jeune femme a penché par-dessus la balustrade ses seins dorés qui brillaient, écarté largement ses cuisses ornées de pétales orange foncé. On aurait dit qu'elle avait envie de copuler avec les rayons du soleil, avec la brise. On a entendu la sirène d'une ambulance qui se rapprochait, des cris, des clameurs d'enfants, le brouhaha montant de la ruelle. Des pas pressés ont résonné dans l'escalier.

Il aurait pu courir vers le balcon, franchir la

balustrade sur laquelle elle s'appuyait et s'envoler. Il aurait chuté sur trois étages avant que son crâne n'éclate. Il aurait pu le faire. C'était la seule solution propre. Mais il est resté planté là, comme s'il s'agissait du premier et du dernier instant de sa vie, à contempler ce corps qui ressemblait à une fleur enflammée, qui s'illuminait en une image plus intense encore que n'importe laquelle des scènes qu'il avait tournées la nuit précédente.

LES FLAMMES DES ARBRES

*

Elle est là, à regarder la chaussée mouillée par la pluie. C'est un arrêt de bus situé en face de la gare routière du bourg de Masŏk. De gigantesques camions foncent sur les deux voies avec un bruit déchirant. Il tombe des cordes. L'averse est si violente qu'elle semble vouloir percer son parapluie.

Elle n'est plus très jeune. Ni particulièrement belle non plus. Mais sa nuque dessine une courbe élégante et elle a de grands yeux. Son maquillage est léger, presque indécelable, son chemisier immaculé est impeccablement repassé. La bonne impression qui se dégage de l'ensemble de sa personne, suscitant la sympathie, fait quelque peu oublier la vague ombre qui voile son visage.

Ses yeux brillent un court instant. Le bus qu'elle attendait vient d'apparaître au loin. Elle descend sur la chaussée et tend le bras. Le véhicule, qui roulait à toute vitesse, ralentit.

— Vous vous arrêtez près de la clinique psychiatrique Ch'uksŏng?

Le chauffeur, un homme sur la mauvaise pente de l'âge mûr, hoche la tête et lui fait signe de monter. Tandis qu'après avoir payé, elle cherche un siège, elle remarque que les autres passagers la dévisagent. Est-ce elle, la malade ? Va-t-elle voir un membre de sa famille ? Y a-t-il en elle quelque chose de bizarre ? Le soupçon et la méfiance, l'hostilité et la curiosité se mêlent dans leurs regards qu'elle ignore, comme quelqu'un qui en a l'habitude.

Des taches noires et brillantes se sont déjà dessinées sur le plancher, formées par l'eau qui dégouline de son parapluie replié. Il n'a pas empêché que son chemisier et son pantalon soient à moitié trempés. Le bus accélère sur la route qui ruisselle. Tout en essayant de garder son équilibre, elle avance vers le fond du car. Deux sièges voisins restent inoccupés et elle prend celui côté fenêtre. Elle sort un mouchoir en papier de son sac et essuie la buée sur le carreau. De ce regard ferme qui n'appartient qu'à ceux qui sont habitués à la solitude, elle contemple les gouttes qui frappent violemment la vitre. Après Masŏk, la route longe une forêt de fin juin noyée par le déluge et qui ressemble à une énorme bête retenant ses rugissements. Quand le bus entame la montée du mont Ch'uksŏng, la route devient plus étroite et sinueuse. La forêt est de plus en plus proche, convulsant son corps dégouttant. Est-ce dans les environs qu'on a retrouvé Yŏnghye, sa sœur ? Elle imagine des recoins obscurs cachés par ces arbres que secouent les trombes d'eau, puis finit par détourner la tête.

Yŏnghye avait disparu, lui avait-on dit, durant la

promenade non surveillée, soit entre deux et trois heures de l'après-midi. Le ciel était chargé de nuages gris, mais il ne pleuvait pas encore. Ceux qui n'étaient que légèrement atteints avaient donc été autorisés à faire leur sortie habituelle. À trois heures, les infirmiers avaient constaté que Yŏnghye n'était pas rentrée. La pluie commençait à tomber. Tout le personnel de la clinique avait été mis en alerte. Les employés des services administratifs avaient rapidement barré le chemin emprunté par les bus et les taxis. La disparue pouvait déjà être à Masŏk si elle avait quitté la montagne, ou bien s'être enfoncée plus profondément dans la forêt.

Plus l'après-midi avançait, plus les gouttes grossissaient. Le soleil de mars avait disparu encore plus tôt que d'habitude du fait du mauvais temps. Au cours d'une battue minutieuse dans la forêt, par chance – ou plutôt, d'après son médecin, par miracle –, un des infirmiers avait fini par retrouver Yŏnghye. Sur une pente isolée dans les profondeurs de la sylve, elle se tenait debout parmi les arbres ruisselants, parfaitement immobile, comme si elle avait été l'un d'entre eux.

À quatre heures, quand elle avait reçu l'appel lui signalant la disparition de sa sœur, elle se trouvait avec son fils, Chiu, âgé de six ans. Cela faisait cinq jours que sa température tournait autour de 40°C et elle l'avait emmené se faire radiographier les poumons. Lançant un regard inquiet à sa mère et au médecin qui se trouvaient de l'autre côté de la vitre, le gamin se tenait seul devant l'appareil.

— Madame Kim Inhye ?

— C'est elle-même.

— Vous êtes de la famille de Mlle Kim Yŏnghye, n'est-ce pas ?

C'était la première fois que la clinique où celle-ci était hospitalisée l'appelait sur son portable. C'était plutôt elle qui leur téléphonait pour les prévenir de sa visite ou pour prendre des nouvelles de sa sœur. D'un ton calme qui voulait dissimuler ses appréhensions, l'infirmière l'informa de cette fugue.

— Nous faisons de notre mieux… Si elle prend contact avec vous, il faut nous prévenir tout de suite.

Puis elle lui avait demandé avant de raccrocher :

— Avez-vous une idée d'endroits où elle aurait pu aller ? Chez vos parents par exemple ?

— Ils habitent loin… Je vais les appeler.

Après avoir rangé son portable dans son sac, elle était allée rejoindre son fils et l'avait pris dans ses bras. Son corps qui avait maigri en quelques jours était brûlant.

— J'ai été bien, hein, maman ?

Son visage était rouge, probablement du fait de la fièvre, mais aussi de l'attente d'un compliment.

— Mais oui, tu n'as pas du tout bougé !

Après avoir écouté le médecin qui lui avait déclaré qu'en tout cas, il ne s'agissait pas d'une pneumonie, elle était rentrée en taxi, portant son fils dans ses bras, alors qu'il pleuvait dehors. Elle lui avait fait une rapide toilette et, après lui avoir donné du porridge et des médicaments, elle l'avait couché. Elle n'avait pas la tête à s'inquiéter au sujet de sa sœur qui avait fait une escapade. Cela faisait cinq jours que le garçon était malade et qu'elle n'avait pas bien dormi. Si la fièvre ne baissait pas ce soir-là, il fallait l'hospitaliser. Elle était en train de préparer un sac, au cas où, en y mettant la carte de Sécurité sociale et des vêtements de l'enfant, quand le téléphone avait sonné. Il était presque neuf heures.

— Ah, vous l'avez retrouvée !... C'est bien... Je viendrai la voir la semaine prochaine, comme prévu.

C'était très sincèrement qu'elle avait exprimé ses remerciements à son interlocuteur, mais le timbre de sa voix était rauque et altéré par la fatigue. Après avoir raccroché, elle avait réalisé qu'il avait plu dans tout le pays et donc probablement dans la montagne où on avait retrouvé Yŏnghye.

Elle s'étonnait qu'une scène à laquelle elle n'avait pourtant pas assisté lui apparaisse avec une telle netteté. Alors que, toute la nuit, elle avait appliqué une serviette mouillée sur le front de l'enfant dont la respiration sifflait, tombant de temps à autre dans un sommeil qui ressemblait à un évanouissement, elle avait eu la vision d'une forêt sous la pluie. La pluie noire, la forêt noire, la blouse de l'hôpital d'un blanc cassé. Les cheveux mouillés. La pente sombre. Yŏnghye, transformée en une masse d'obscurité et d'eau mêlées. Elle s'était trouvée soulagée par la fraîcheur qu'elle avait ressentie lorsqu'elle avait posé la paume de sa main sur le front de l'enfant. Sortant de la chambre, elle avait contemplé la lueur bleuâtre de l'aube qui s'infiltrait par la fenêtre de la terrasse. Se recroquevillant, elle s'était allongée sur le côté, sur le canapé. Il lui fallait dormir au moins une heure avant que Chiu ne se réveille.

Grande sœur, je me tenais sur les mains, des feuilles poussaient sur mon corps, des racines surgissaient de mes mains... Je m'enfonçais dans la terre, encore, encore... Oui, comme si des fleurs allaient s'y ouvrir, j'ai écarté les cuisses, je les ai largement ouvertes...

La voix de Yŏnghye qui lui parvenait dans son demi-sommeil avait d'abord été basse et agréable, de plus en plus innocente comme celle d'un enfant, pour devenir inintelligible, semblable à un cri de bête. Une forte sensation de dégoût, telle qu'elle n'en avait jamais ressenti auparavant, l'avait réveillée. Puis elle s'était vue debout devant la glace de la salle de bains. Du sang coulait de son œil gauche. Elle l'avait vite essuyé, mais étrangement, dans le miroir, sa main n'avait pas bougé et elle se contentait de regarder son œil qui saignait.

Réveillée par la toux de Chiu, elle s'était levée péniblement pour regagner la chambre. Effaçant l'image de Yŏnghye qui, longtemps auparavant, s'était tenue là, assise dans un coin, les genoux relevés, elle avait saisi la petite main que l'enfant brandissait, comme pris d'une crise d'épilepsie... « Ça va aller maintenant », avait-elle murmuré sans savoir si c'était l'enfant ou elle-même qu'elle cherchait à apaiser.

*

Le car monte en enchaînant les virages et s'arrête à un carrefour. La portière de devant s'ouvre. Elle se presse de descendre, ce qu'elle est la seule à faire à cet arrêt, et ouvre son parapluie. Le car s'éloigne aussitôt.

Il faut suivre la route qui commence là, franchir un col au terme d'une pente assez raide, puis emprunter un tunnel d'une cinquantaine de mètres, avant d'apercevoir une clinique aux dimensions assez modestes. Bien que moins violemment, il pleut toujours. Se courbant pour retrousser le bas de son pantalon, elle remarque des vergerettes tombées sur l'asphalte. Elle ajuste le sac qui pèse lourd sur son épaule. Tenant le parapluie bien droit, elle se met en marche vers l'hôpital.

Elle s'y rend à présent tous les mercredis pour s'informer de l'état de Yŏnghye, mais, avant l'épisode de sa disparition, elle ne le faisait qu'une fois par mois. Tandis qu'elle marchait chargée de fruits, de gâteaux ou de riz roulé dans du tofu, elle voyait généralement peu de gens ou de véhicules. Au parloir, situé à côté des services administratifs, elle déballait sur une table tout ce qu'elle avait apporté. Assise en face d'elle, sa sœur avalait sans dire un mot, comme un enfant contraint de faire ses devoirs. Il lui arrivait de faire passer une mèche de Yŏnghye derrière son oreille, et celle-ci levait alors les yeux pour lui adresser un sourire. Peut-être qu'elle se trouve bien comme ça, se disait-elle dans ces moments-là. Peut-être qu'elle pourrait continuer à vivre ainsi. En ne parlant que quand elle en a envie, en ne mangeant pas de viande, si ça ne lui dit rien. Elle-même venant la voir de temps à autre.

Yŏnghye avait quatre ans de moins qu'elle. Sans doute à cause de ce décalage, elles n'avaient pas connu ces conflits qui peuvent éclater entre deux sœurs. Dès leur enfance, au cours de laquelle un père violent les giflait tour à tour, Yŏnghye avait été pour elle un être à protéger, éveillant son sens des responsabilités et une sorte d'amour maternel. Elle s'était émerveillée de voir grandir et se marier cette jeune sœur qu'elle avait connue les pieds crasseux avec, en été, de petits boutons de chaleur sur le nez. Elle déplorait seulement intérieurement de la voir devenir de plus en plus taciturne. Elle était elle-même réservée, mais savait au besoin se montrer joyeuse et avenante, tandis que Yŏnghye semblait toujours indéchiffrable. Elle ne l'aurait pas mise plus mal à l'aise si elle avait été une parfaite étrangère.

Le jour de la naissance de Chiu, Yŏnghye était venue à la maternité.

— Je n'avais jamais vu un aussi petit bébé… Ils sont tous comme ça, les nouveau-nés ? lui avait-elle demandé, au lieu de la féliciter.

Elle avait poursuivi, murmurant comme pour elle-même :

— Tu penses que tu vas pouvoir l'emmener seule jusque chez maman ? Enfin, j'imagine que ton mari va t'y conduire… Tu veux que je t'accompagne ? lui avait-elle ensuite gentiment proposé, avec toutefois aux lèvres un étrange sourire qu'elle ne lui connaissait pas.

Elle avait eu l'impression que Yŏnghye voulait lui montrer que sa sœur aînée elle aussi était une sorte d'étrangère pour elle. L'expression de son visage était plus que placide, presque lugubre, si bien qu'elle n'avait pas su quoi lui répondre. Si son attitude n'avait rien à voir avec la morosité qu'affichait son mari, quelque chose en elle la désespérait également. Était-ce parce que tous deux étaient si peu loquaces ?

Elle pénètre dans le tunnel. Il y fait encore plus sombre que d'habitude, sans doute à cause du mauvais temps. Elle referme son parapluie. Elle avance en écoutant l'écho sonore de ses pas. De la paroi, d'où semble suinter l'obscurité, s'envole un grand papillon tacheté. Elle s'arrête pour observer un moment les battements de ses ailes. L'insecte se pose sur le plafond, n'en bouge plus, comme s'il avait repéré l'espionne.

Son mari aimait filmer tout ce qui avait des ailes. Les oiseaux, les papillons, les avions, même les mouches. Ce goût pour tout ce qui volait et qui ne semblait pas avoir de rapport avec le reste de son œuvre avait de quoi rendre perplexe l'ignorante qu'elle reconnaissait être en matière d'art.

— Qu'est-ce que cette scène vient faire là ? lui avait-elle demandé un jour. Après les images d'un pont écroulé et de gens en larmes lors des funérailles, on voyait soudain l'ombre noire d'un oiseau sur le fond du ciel.

— Comme ça, avait-il répondu. Ça vient comme ça. Après, je me sens mieux.

S'en était suivi l'habituel mutisme.

Lui était-il déjà arrivé de percer à jour la véritable personnalité de son mari, protégée qu'elle était par un mur de silence qu'il semblait impossible d'entamer ? Elle avait espéré que son travail allait la lui révéler. Il réalisait des vidéos, d'une durée de deux minutes à une heure, qu'il exposait. Avant de le rencontrer, elle ne savait même pas qu'un tel domaine artistique existait ! En dépit de ses efforts, elle n'était pas parvenue à comprendre leur signification.

Elle se souvenait de l'après-midi où elle l'avait rencontré pour la première fois. Mince comme une tige de sorgho, une barbe de plusieurs jours, à l'épaule un sac qui contenait sa caméra et semblait lourd, il était entré dans sa boutique. Quand il avait pris appui des deux avant-bras sur une vitrine en demandant une lotion après rasage, il lui avait paru exténué. Elle avait eu l'impression qu'il allait s'écrouler sur le sol en même temps que le meuble. Il était quasiment miraculeux qu'elle, qui n'avait pratiquement aucune expérience amoureuse, lui ait impulsivement demandé : « Avez-vous déjeuné ? » Il lui avait lancé un regard aussi vaguement surpris que le lui permettait son épuisement. Si elle avait fermé sa boutique pour aller prendre avec lui un déjeuner tardif, c'était bien sûr parce qu'elle n'avait pas encore pris le sien, mais aussi parce que l'homme paraissait si inoffensif qu'il n'avait éveillé aucune méfiance en elle.

Depuis ce jour, son seul but avait été de l'aider à prendre du repos. Cependant, malgré toutes les attentions qu'elle lui avait prodiguées, même après leur mariage, il avait gardé cet air fourbu. Il était toujours pris par son travail et, les rares fois où il restait chez eux, il semblait aussi peu à l'aise qu'un voyageur dans une chambre d'hôtel. C'était surtout lorsque ce qu'il avait entrepris n'avançait pas comme il l'aurait voulu que son silence se faisait buté, lourd comme un rocher.

Ce qu'elle avait réalisé peu après, c'était que la personne à laquelle elle voulait tant offrir un répit, ce n'était sans doute pas lui, mais elle-même. C'était sa propre image qu'elle projetait sur cet homme fatigué, celle de la femme qui, après avoir quitté le domicile de ses parents à l'âge de dix-neuf ans, avait fait son chemin à Séoul sans se faire aider par personne.

Elle n'était pas plus certaine de l'aimer que de la réciproque. Elle sentait seulement qu'il était gauche dans la vie de tous les jours et qu'il comptait beaucoup sur elle. C'était un homme d'une droiture qui frisait la rigidité, incapable d'emphase ou de flatterie. Cependant, il avait toujours été gentil avec elle, ne l'avait jamais maltraitée et son regard dénotait parfois même une sorte de respect.

— Je ne te mérite pas, lui avait-il dit un jour, avant leur mariage. Ta bonté, ton équilibre, ton calme, ton attitude qui dit que vivre est une chose naturelle... Tout cela m'impressionne.

Ces mots sonnaient agréablement à ses oreilles, sans doute parce qu'elle avait un peu de mal à comprendre leur véritable sens, alors que, au contraire, c'était sans doute une façon d'avouer qu'il n'était pas tombé dans le piège de l'amour.

Il n'aimait probablement que les images qu'il avait filmées ou qu'il allait filmer. La première fois qu'elle s'était rendue à une de ses expositions, après leur mariage, elle avait été très surprise en constatant qu'un homme qui lui avait paru si fragilisé, à deux doigts de s'effondrer, avait parcouru autant d'endroits avec une caméra. Elle avait du mal à imaginer les manœuvres auxquelles il avait dû se livrer pour pouvoir tourner dans certains lieux un peu sensibles, ainsi que le courage, l'audace et la patience dont il avait dû faire preuve dans ces moments-là. Autrement dit, elle ignorait qu'il était habité par une telle passion. Il semblait exister un décalage très net entre l'ardeur avec laquelle il pratiquait son art et son comportement au quotidien, qui le faisait ressembler à un poisson dans un aquarium ! Ces deux facettes ne pouvaient pas appartenir à un seul et même homme.

Une unique fois, elle avait vu ses yeux s'illuminer. Chiu venait de fêter son premier anniversaire et commençait à faire quelques pas. Sortant sa caméra, il l'avait filmé alors qu'il tanguait dans la salle de séjour ensoleillée. Quand l'enfant s'était laissé tomber dans les bras de sa mère, quand elle avait posé les lèvres sur le front de son fils, son mari avait déclaré, le regard pétillant d'une mystérieuse lumière vitale venue du plus profond de lui-même :

— À chaque pas de Chiu, je pourrais insérer une fleur jaillissant de la trace de son pied, comme dans les films de Miyazaki Hayao… Non, plutôt un vol de papillons ! Il vaudrait mieux recommencer sur une pelouse.

Après lui avoir expliqué le fonctionnement de la caméra et montré les scènes qu'il venait de filmer, il avait lancé d'un air excité :

— Vous allez vous habiller tous les deux en blanc ! Non, à la réflexion, non. C'est peut-être mieux de porter des habits simples… C'est ça, ce sera mieux. Le pique-nique d'une mère et d'un enfant de condition modeste, des vols de papillons de toutes les couleurs s'élevant dans les airs comme un miracle chaque fois que le bébé fait un pas chancelant…

Mais ils n'étaient jamais allés sur la pelouse. À présent, la démarche de Chiu n'était plus maladroite. Elle avait pourtant gardé dans sa mémoire l'image des papillons s'envolant sur les pas de l'enfant.

D'aussi loin qu'elle pouvait se souvenir, il s'était toujours dit éreinté. Il passait son temps à l'atelier, y compris le week-end et la nuit, mais ne semblait pas réussir à obtenir ce qu'il cherchait. Pas plus que lorsqu'il rentrait après avoir erré toute la journée au point de noircir ses baskets. Parfois, elle se réveillait à l'aube et voyait de la lumière dans la salle de bains. Elle sursautait en découvrant son mari endormi tout habillé, recroquevillé dans la baignoire, alors qu'elle ne l'avait pas entendu rentrer.

— Papa n'est pas chez nous ? demandait Chiu depuis qu'il était parti – mais c'était une question qu'il posait déjà chaque matin quand son père était encore avec eux.

— Non, répondait-elle, laconique.

Elle ajoutait intérieurement :

— Il n'y a personne d'autre que toi et moi, et ce sera toujours comme ça.

*

Sous la pluie, les bâtiments de l'hôpital semblent abandonnés, le béton gris foncé encore plus sombre et plus compact que d'habitude. Les chambres disposées au premier et au deuxième étage ont des barreaux aux fenêtres. Par temps clair, personne ne s'y montre, mais, lorsqu'il pleut comme aujourd'hui, les visages des patients qui contemplent la pluie apparaissent entre deux barreaux. Après avoir jeté un regard sur le deuxième étage de l'annexe, où se trouve la chambre de Yŏnghye, elle se dirige vers l'entrée, située du côté des services administratifs et par laquelle on accède aussi à la boutique et au parloir.

— J'ai rendez-vous avec docteur Pak Inho.

L'employée de l'accueil la reconnaît et la salue. Inhye met l'attache à son parapluie qui goutte et va s'asseoir sur un banc en bois. En attendant le médecin, elle tourne la tête pour admirer comme d'habitude l'orme qui se dresse dans la cour intérieure. C'est un vieil arbre, qui a l'air d'avoir au moins quatre cents ans. Par beau temps, quand la lumière du soleil joue entre ses innombrables branches, on dirait qu'il veut lui dire quelque chose. Mais aujourd'hui, il ressemble à un de ces êtres secrets qui dissimulent leurs pensées. L'écorce du vieux tronc est noircie par l'humidité, tandis que ses feuilles tremblent et se résignent sous l'averse. Vient s'y superposer comme un fantôme l'image de Yŏnghye, à laquelle elle jette en silence un regard perçant.

Elle ferme ses paupières gonflées et ne les rouvre que longtemps après. L'arbre, toujours aussi muet, emplit à nouveau son champ visuel. Chiu va mieux et il est retourné au jardin d'enfants, mais elle, elle n'a toujours pas retrouvé le sommeil. Cela fait exactement trois mois qu'elle n'a pas dormi plus d'une heure d'affilée. La voix de Yŏnghye, la forêt où tombe une pluie noire et son propre visage avec l'œil d'où coule du sang taillardent ses longues nuits comme des débris de porcelaine.

Quand, renonçant à s'assoupir, elle se lève, il est généralement trois heures du matin. Elle se lave le visage, se brosse les dents, cuisine, fait un peu de rangement, mais les aiguilles de l'horloge s'obstinent à ne pas tourner plus vite, comme si elles étaient lestées de plomb. Elle finit par retourner dans sa chambre, écoute les disques qu'il lui a laissés, fait les cent pas comme il avait l'habitude de le faire autrefois ou même va s'allonger dans la baignoire tout habillée, avec le sentiment qu'enfin elle le comprend. Il n'avait sans doute plus la force d'ôter ses vêtements, encore moins de prendre une douche en réglant la température de l'eau. Elle réalise que, bizarrement, cet espace creux et étroit est le lieu où on se sent le plus en sécurité dans cet appartement de 32 *p'yŏng*.

Quelle est l'origine de cette aberration ? se demande-t-elle parfois dans ces moments-là.

Quand tout cela a-t-il commencé ? Ou plutôt : quand tout a-t-il commencé à s'effondrer ?

Yŏnghye était devenue bizarre trois ans plus tôt, quand elle s'était soudain mise au régime végétarien. La chose n'avait en soi rien d'exceptionnel. Mais la particularité, dans le cas de sa sœur, c'était qu'on ne savait pas pourquoi. Elle avait perdu du poids au point de faire peine à voir. Elle ne dormait presque plus et, naturellement peu bavarde, elle gardait désormais un silence qui rendait impossible toute communication. Son mari, bien sûr, ainsi que tout le reste de la famille s'inquiétaient pour elle. C'était à l'époque où ils avaient déménagé. La famille s'était réunie pour la pendaison de la crémaillère et son père avait giflé Yŏnghye et introduit de force dans sa bouche des morceaux de viande. Inhye s'était mise à trembler comme si c'était elle qui avait reçu le coup. Figée, elle avait vu sa sœur recracher la viande en poussant des cris de bête et s'ouvrir le poignet avec un couteau de cuisine.

N'aurait-elle pas pu empêcher tout cela ? s'était-elle parfois demandé. N'aurait-elle pas pu retenir la main de leur père ? N'aurait-elle pas pu bloquer la main qui tenait le couteau ? Empêcher son mari de courir jusqu'à l'hôpital en portant Yŏnghye sur son dos ? Dissuader son beau-frère d'abandonner froidement sa femme qui venait de sortir de l'hôpital ? N'aurait-elle pas pu revenir en arrière, faire que cette chose que son mari avait faite à sa sœur, cette chose qu'elle ne veut plus évoquer, qui a tourné au scandale trivial, n'ait jamais eu lieu ? N'aurait-elle pas pu empêcher que tout – la vie de tout son entourage – s'effondre comme une dune de sable ?

Elle n'a pas envie de savoir ce que la petite tache mongolique verdâtre qui persiste au-dessus de la fesse de Yŏnghye a inspiré à son mari. Ce qu'elle avait vu ce matin d'automne alors qu'elle lui apportait du ravitaillement ne relevait ni du sens commun ni de l'entendement. Cette nuit-là, il avait dessiné quantité de fleurs multicolores sur son propre corps et sur celui de Yŏnghye et il avait filmé leurs ébats.

N'aurait-elle pas pu prévenir cela ? Un indice qui lui aurait permis de prévoir ce comportement lui avait-il échappé ? N'aurait-elle pas pu lui rappeler de façon plus appuyée que Yŏnghye était encore une malade sous médicaments ?

Ce matin-là, elle n'aurait jamais imaginé que l'homme qui était couché à côté de sa sœur dénudée et peinturlurée de fleurs rouges et jaunes pouvait être son propre mari. Seule l'idée de la protéger lui avait permis de combattre la panique qui la poussait à s'enfuir. Le sentiment d'une incontestable responsabilité l'avait amenée à saisir la caméra qui était posée à l'entrée, à regarder ce qu'elle avait filmé, comme son mari en personne lui avait appris à le faire. Mais elle était encore incapable d'accepter les faits comme une réalité au moment même où elle sortait de l'appareil la cassette – qu'elle avait d'ailleurs laissée tomber comme si elle était brûlante –, pendant qu'elle composait à tâtons un numéro pour demander qu'on vienne chercher deux malades mentaux. Elle n'arrivait pas à croire ce que ses yeux voyaient. Ce qui était sûr, c'était que l'acte commis par son mari était définitivement impardonnable.

Il était plus de midi quand il s'était réveillé, puis cela avait été le tour de Yŏnghye. Enfin, trois infirmiers des urgences équipés de camisoles et de protections avaient surgi. Deux d'entre eux s'étaient d'abord précipités sur le balcon où Yŏnghye se tenait dans une position périlleuse. Elle avait violemment résisté pendant qu'ils enfermaient son corps multicolore dans une camisole. Elle avait mordu au sang le bras de l'un d'eux, puis elle avait crié quelque chose d'incompréhensible. Une aiguille s'était enfoncée dans son bras qui s'agitait frénétiquement. Son mari avait essayé d'en profiter pour s'échapper en repoussant le troisième infirmier qui se tenait dans l'entrée, mais qui avait pu le retenir. Ayant réussi, non sans mal, à se dégager de la prise, il avait aussitôt foncé sur le balcon. Il voulait s'envoler comme un oiseau, mais quand un des agents, aux réflexes rapides, l'avait ceinturé, il n'avait opposé aucune résistance.

Inhye était restée là jusqu'à la fin, à observer la scène tout en tremblant. Quand son regard avait croisé celui de son mari que l'on traînait dehors, elle avait fait l'effort d'essayer d'y lire quelque chose, mais elle n'y avait décelé ni lubricité, ni folie, ni remords, ni rancune. Seulement une peur semblable à celle qu'elle-même éprouvait à ce moment-là.

C'était fini. Après ce jour, leur vie ne pouvait plus être ce qu'elle avait été.

Jugé sain d'esprit par les médecins, il avait été incarcéré[1]. Libéré au terme d'un procès qui s'était étalé sur plusieurs mois et au cours duquel il avait bénéficié du soutien inconditionnel de ses confrères, il s'était volatilisé et elle ne l'avait plus jamais revu. Mais Yŏnghye, elle, était restée internée dans un hôpital psychiatrique. Alors qu'elle avait recommencé à parler après sa première crise, elle ne communiquait plus, se contentant de marmonner pour elle-même, accrou-

---

1. En Corée, l'adultère était, à l'époque où a été écrit ce texte, passible d'un emprisonnement en cas de plainte de l'époux trompé.

pie dans des endroits ensoleillés. Elle ne mangeait toujours pas de viande ; quand on lui servait un plat qui en contenait, elle s'enfuyait en poussant des cris. Les jours de grand soleil, elle se collait à la fenêtre, déboutonnait sa blouse de malade, dévoilant ainsi sa poitrine. Ses parents, soudain vieillis et malades, n'avaient plus voulu voir leur fille cadette, coupant aussi tout contact avec leur aînée qui leur rappelait trop leur gendre – pire qu'une bête à leurs yeux. La réaction de son frère et de sa femme avait été identique. Mais elle, elle ne pouvait abandonner Yŏnghye. Il fallait bien que quelqu'un paie les factures de l'hôpital et lui serve de tuteur.

Inhye avait continué à vivre, gérant le magasin, poursuivie par des ragots tenaces. Le temps était un fleuve inexorable et rigoureux, emportant vers son embouchure l'existence de cette femme qui n'était que stoïcisme. Chiu, qui avait cinq ans cet automne-là, en avait désormais six. L'état de Yŏnghye semblait s'être amélioré quand on l'avait transférée dans la clinique où elle était à présent, située dans un cadre agréable et dont, par ailleurs, les tarifs étaient raisonnables.

Dès son enfance, Inhye avait été dotée de ce caractère fort que partagent tous ceux qui se font seuls. Elle savait faire face à n'importe quel événement et l'esprit de sérieux était dans sa nature. En tant que fille, sœur aînée, épouse, mère et commerçante ou dans n'importe quel acte de la vie, elle faisait de son mieux. Ces qualités lui auraient sans doute permis de surmonter ce drame avec le temps, si Yŏnghye n'avait soudain disparu le mois précédent. Si on ne l'avait pas retrouvée dans la forêt par une nuit pluvieuse. Si, par la suite, tous ses symptômes ne s'étaient pas aggravés.

*

Tak tak tak tak. Le bruit d'un pas énergique annonce l'arrivée du jeune psychiatre en blouse blanche à l'extrémité du couloir. Quand elle le salue en se levant, il lui répond par une légère inclination de la tête. Il tend le bras pour désigner la salle de consultation. Elle l'y suit docilement.

Proche de la quarantaine, il est plutôt costaud, avec un début d'embonpoint qui n'est pas désagréable à la vue. L'expression de son visage et sa démarche dénotent de l'assurance. Assis derrière son bureau, il la dévisage en fronçant les sourcils. Devinant son manque d'enthousiasme pour cet entretien, elle sent le découragement l'envahir.

— Ma sœur...

— Nous avons fait ce que nous pouvions, mais son état ne s'est pas amélioré.

— Alors, aujourd'hui...

Elle rougit comme quelqu'un qui a commis une faute. Il termine la phrase à sa place :

— Aujourd'hui, on va essayer de lui faire absorber de la bouillie de riz. À moins d'un mieux, même léger, nous serons obligés de la transférer aux soins intensifs d'un hôpital ordinaire.

Elle lui demande :

— Vous permettez que j'essaie de lui parler ?

Le médecin lui jette un regard dans lequel on lit le

scepticisme. Il semble las. Peut-être même ressent-il de la colère contre cette patiente qui résiste à ses efforts. Après avoir consulté sa montre, il déclare :

— Je vous accorde une demi-heure. Si ça marche, prévenez les infirmiers. Sinon, je vous revois à deux heures.

Ne voulant sans doute pas interrompre l'entretien trop brutalement, alors qu'il semblait prêt à se lever pour quitter les lieux, il ajoute :

— Comme je vous l'ai dit la dernière fois, entre 15 et 20 % des personnes atteintes d'une anorexie nerveuse finissent par en mourir. Alors qu'il ne leur reste que la peau et les os, elles continuent à penser qu'elles sont grosses. Une des causes les plus courantes est un conflit avec une mère trop dominatrice... Cependant, votre sœur est un cas un peu particulier, un mélange de schizophrénie et d'anorexie. J'avais pourtant la conviction que sa schizophrénie n'était pas très grave... J'avoue que je n'avais pas prévu que les choses allaient tourner de cette façon. Si elle avait été une toxicophobe, on aurait pu essayer de la raisonner. Par exemple, un médecin pourrait manger avec elle. Mais dans le cas de Mlle Kim Yŏnghye, les motifs de son comportement sont flous et les médicaments sans effet. Ce n'est pas facile à dire, mais je n'ai pas le choix. Il faut avant tout la maintenir en vie... Ici, nous ne sommes pas en mesure de vous le garantir.

Il ajoute, sans doute par réflexe professionnel :

— Vous avez mauvaise mine. Vous dormez bien ?

Elle hésite à répondre.

— Prenez soin de vous, pour votre sœur.

Après un échange de hochements de tête, il ouvre la porte et s'éloigne avec le même bruit de pas, *tak tak tak*. Elle le suit, mais sa silhouette est déjà loin dans le couloir.

Lorsqu'elle revient sur le banc devant les services administratifs, elle voit entrer dans la clinique un homme et une femme d'âge mûr, cette dernière tirée à quatre épingles et agrippée au bras de son compagnon. L'instant d'après, cette dame éructe une bordée d'injures grossières. Comme s'il y était habitué, il n'y prête aucune attention et sort de son portefeuille une carte de sécurité sociale qu'il tend à travers le guichet.

— Espèces de charognes ! Si on vous suçait les intestins pour les vider, ça ne serait pas encore suffisant ! Je vais partir vivre à l'étranger. Je ne tiendrai pas un jour de plus avec des enfoirés de votre espèce !

Il n'a pas l'air d'être son mari. Un frère peut-être ? Après la procédure d'hospitalisation, elle passera probablement sa première nuit ici en cellule capitonnée. Elle se verra fort probablement injecter un calmant, les membres entravés. Inhye regarde son chapeau orné d'un motif floral très criard. Puis réalise soudain que la vue de tels malades mentaux la laisse à présent insensible. Depuis qu'elle fréquente cet établissement, il lui arrive de se sentir dépaysée dans une rue paisible où circulent des gens normaux.

Elle revoit le jour où elle a amené Yŏnghye dans cet hôpital. C'était un bel après-midi du début de l'hiver. Ne pouvant plus payer les frais d'un établissement psychiatrique de la capitale, après avoir cherché longtemps, elle avait finalement trouvé celui-là, qui était réputé pour bien traiter les patients. Lorsqu'elle avait rencontré le médecin de celui que quittait sa sœur pour régler le transfert, il lui avait dit que l'internement ne lui paraissait plus nécessaire.

— D'après nos observations, son état s'est amélioré. Elle ne pourra peut-être pas avoir une vie sociale normale, mais elle pourra guérir facilement dans un environnement familial.

Elle lui avait répondu :

— La dernière fois aussi, on l'a sortie de l'hôpital sur vos conseils. Mais je pense que cela a été une erreur.

Elle le savait à ce moment-là. Que la crainte d'une rechute de Yŏnghye qu'elle exprimait devant ce docteur n'était pas sincère. Qu'en fait, il lui paraissait tout simplement impossible de garder sa sœur auprès d'elle. Qu'elle ne supportait plus tout ce que Yŏnghye lui rappelait. Qu'en réalité, elle la haïssait. Qu'elle ne pouvait lui pardonner ce qu'elle avait subi à cause de ce qu'elle était, de son irresponsabilité quand elle avait franchi une frontière en la laissant seule dans la boue.

Heureusement, Yŏnghye souhaitait rester hospitalisée. « Je me sens mieux comme ça », avait-elle clairement déclaré au médecin. Elle portait une tenue ordinaire, elle semblait calme. Son regard était clair, sa bouche volontaire. Elle semblait presque normale, si ce n'est que, sous-alimentée, elle avait maigri, que déjà mince auparavant, elle était à présent chétive. Pendant qu'elles roulaient en taxi, Yŏnghye n'avait fait que regarder dehors sans laisser paraître le moindre signe d'inquiétude. Une fois arrivées, elle l'avait suivie d'un pas tranquille, comme une simple promeneuse. Au point que l'employée de l'administration qui les avait reçues avait demandé :

— Laquelle de vous deux est souffrante ?

Pendant qu'elles patientaient, Inhye avait dit à sa sœur :

— L'air est pur ici, ça te donnera de l'appétit. Tu vas bien manger et prendre du poids.

Yŏnghye, qui avait peu à peu recommencé à parler, a déclaré en jetant un regard sur l'orme de l'autre côté de la fenêtre :

— Hmm… Ils sont grands les arbres, ici.

Appelé par les services administratifs, l'infirmier, un homme robuste, était arrivé et avait méticuleusement examiné le contenu du sac. Des habits de tous les jours, des sous-vêtements, des pantoufles, une trousse de toilette. Il avait déplié les vêtements un par un. Il vérifiait probablement qu'il n'y avait ni cordon ni épingle. Après avoir confisqué la longue et épaisse ceinture en laine du manteau, il leur avait demandé de le suivre à l'intérieur d'un pavillon où séjournaient les patients, dont il avait déverrouillé la porte à l'aide d'une clé. Pendant que sa sœur saluait les infirmiers, Yŏnghye paraissait calme. Quand enfin Inhye avait posé son sac dans la chambre que celle-ci allait partager avec cinq autres malades, la fenêtre aux barreaux rapprochés était entrée dans son champ de vision. Soudain, son cœur avait été comme écrasé par un sentiment de culpabilité dont elle n'avait jusqu'alors pas pris conscience. Elle en était restée déconcertée. À ce moment-là, Yŏnghye s'était approchée d'elle.

— Même d'ici on voit les arbres.

Les lèvres closes, elle s'était dit : « Sois ferme. De toute façon, c'est un fardeau que tu ne peux pas porter. Personne ne t'accusera. C'est déjà bien que tu aies tenu jusqu'ici. »

Elle n'avait pas jeté un seul coup d'œil au profil de Yŏnghye qui se tenait à ses côtés. Elle s'était contentée de fixer les rayons limpides du soleil de ce début d'hiver, qui se morcelaient sur les mélèzes dont toutes les aiguilles n'étaient pas encore tombées. D'une voix basse et paisible, comme pour la consoler, Yŏnghye l'avait appelée :

— Grande sœur !

Son gilet noir sentait vaguement la naphtaline. Comme elle ne réagissait pas, elle avait à nouveau murmuré :

— Grande sœur ! On dirait que tous les arbres du monde sont frères et sœurs.

*

Dépassant l'annexe 2 qui abrite des vagabonds et des déficients mentaux légers, elle arrive devant l'annexe 1. Elle aperçoit des malades qui regardent dehors, collés à la porte vitrée. Probablement privés par la pluie de leur promenade quotidienne, ils doivent souffrir de claustrophobie. Elle appuie sur la sonnette. Un infirmier proche de la cinquantaine sort avec la clé du bureau du rez-de-chaussée. Prévenu par les services administratifs, il l'attendait, après être descendu du deuxième étage où se trouve Yŏnghye. Il sort, se retourne aussitôt pour verrouiller la porte. Elle voit une jeune patiente qui la regarde, une joue écrasée contre la vitre. Ses yeux vides suivent chacun de ses mouvements d'un regard insistant que, d'ordinaire, on n'ose pas jeter sur autrui.

— Qu'est-ce qu'elle est en train de faire, ma sœur ? demande-t-elle dans l'escalier que condamne une porte fermée à clé et qui mène au deuxième étage.

Il se retourne et secoue la tête.

— Ne m'en parlez pas ! Comme elle tentait d'arracher la perfusion, on a dû la garrotter sous calmant dans une cellule capitonnée. Avec un corps aussi menu, on se demande où elle puise une telle force pour se débattre !

— Elle y est toujours ?

— Non, il n'y a pas longtemps qu'elle s'est réveillée. On l'a reconduite dans sa chambre. On vous a dit qu'on allait lui faire avaler du riz à deux heures, n'est-ce pas ?

Elle le suit dans le hall du deuxième étage qui, par beau temps, lui avait paru gai, avec les patients âgés qui jouissaient du soleil, assis sur des bancs près des fenêtres, ceux qui jouaient au ping-pong et la musique joyeuse diffusée depuis le bureau des infirmiers. Mais aujourd'hui, tout cet entrain semble avoir été dilué par la pluie. Le lieu est assez désert, les malades étant probablement dans leurs chambres. Des personnes atteintes de la maladie d'Alzheimer, le dos courbé, rongent leurs ongles, ou fixent leurs pieds. Quelques autres, silencieux, collent leur visage à la fenêtre. La table de ping-pong est elle aussi abandonnée.

Elle jette un coup d'œil sur l'extrémité du couloir ouest, l'endroit le plus ensoleillé l'après-midi, avec des rayons qui entrent à flots par une grande fenêtre. En mars dernier, quand elle est venue la voir, juste avant qu'elle ne disparaisse dans la forêt noyée de pluie, Yŏnghye ne s'est pas présentée au parloir. Prévenue téléphoniquement par les services administratifs, l'infirmière chargée de sa sœur lui a dit que cela faisait plusieurs jours qu'elle refusait de quitter le bâtiment. Que même pendant l'heure de la promenade, moment préféré des pensionnaires, elle restait dans sa chambre. Inhye l'a suppliée pour pouvoir au moins la voir, vu le long chemin qu'elle avait dû faire, et un infirmier est venu la chercher.

Lorsqu'elle a aperçu, au bout du couloir ouest, une patiente excentrique qui se tenait tête en bas et pieds en l'air, elle n'a pas imaginé qu'il pouvait s'agir de sa sœur. C'est seulement quand l'infirmière à qui elle venait de parler au téléphone l'a conduite là qu'elle a reconnu sa longue et abondante chevelure. Elle s'appuyait en fait sur ses épaules et son visage était tout rouge à cause du sang qui y affluait.

— Cela fait une demi-heure qu'elle est dans cette position, a déclaré l'infirmière, dont l'intonation sonnait comme un aveu d'échec. Ça a commencé il y a deux jours. Ce n'est pas comme si elle n'était pas lucide ou comme si elle ne parlait pas... Elle n'est pas comme les autres malades qui souffrent de troubles nerveux. Jusqu'à hier, on l'a forcée à regagner sa chambre, mais là elle recommençait… On ne peut quand même pas toujours l'attacher !

Elle a ajouté avant de repartir pour son bureau :

— Si vous la poussez en forçant un peu, elle va tomber. Essayez, si vous n'arrivez pas à la faire parler. Justement, on s'apprêtait à le faire pour qu'elle retourne dans sa chambre.

Après son départ, Inhye s'est accroupie près de sa sœur en essayant d'attirer son regard. Le visage d'une personne vu à l'envers est toujours insolite. Malgré sa maigreur, la peau faisait des plis tombant vers le sol, ce qui lui faisait une tête bizarre. Ses yeux vifs et luisants fixaient le vide. Elle ne semblait pas être consciente d'une présence.

— Yŏnghye !

N'ayant pas obtenu de réaction, elle a appelé plus fort.

— Yŏnghye ! Qu'est-ce que tu fais ? Remets-toi sur tes pieds.

Elle a tendu la main vers la joue cramoisie de sa sœur.

— Mets-toi debout, Yŏnghye. Tu n'as pas mal à la tête ? Tu es toute rouge !

Elle a fini par la pousser. En effet, elle s'est laissée tomber, ses jambes touchant le sol en premier. Inhye a soutenu sa nuque avec un bras pour l'aider à se relever.

— Grande sœur !

Un sourire s'est esquissé sur son visage.

— Depuis quand es-tu là ?

Son visage rayonnait comme si elle venait d'être tirée d'un rêve agréable.

L'infirmier qui les observait s'est approché pour les conduire jusqu'à une petite salle dans un coin du hall. C'était là, a-t-il commenté, que les malades les plus atteints qui avaient du mal à descendre jusqu'au parloir recevaient leur famille. Les entretiens avec les médecins y avaient probablement lieu aussi.

La voyant s'apprêter à sortir les plats qu'elle avait apportés pour les poser sur la table, Yŏnghye a dit :

— Grande sœur ! Ne t'embête plus avec ça !

Elle a souri :

— Je n'ai plus besoin de manger.

— Qu'est-ce que ça veut dire ?

Elle fixait Yŏnghye, comme subjuguée. Elle ne l'avait pas vue depuis longtemps – peut-être jamais – aussi radieuse. Elle lui a demandé :

— Qu'est-ce que tu faisais tout à l'heure ?

— Tu le savais ? lui a-t-elle demandé en guise de réponse.

— Quoi ?

— Moi, je ne le savais pas. Je croyais que les arbres se tenaient à l'endroit… J'ai enfin compris. Ils se tiennent tous la tête en bas. Regarde ! Étonnant, non ?

Se levant brusquement, elle lui a montré la fenêtre.

— Tous, ils se tiennent tous à l'envers.

Elle s'est mise à glousser. À ce moment seulement, elle a compris que l'expression du visage de Yŏnghye lui rappelait leur enfance. Ses paupières fermées dessinaient deux lignes noires, tandis que résonnait son rire innocent.

— Sais-tu comment j'ai découvert ça ? Dans un rêve ! Je me tenais sur les mains… Des racines en surgissaient, des feuilles poussaient sur mon corps… Je m'enfonçais dans la terre, encore, encore… J'ai écarté les cuisses, car des fleurs allaient pousser entre elles, je les ai largement ouvertes…

Inhye se contentait de fixer ses yeux enfiévrés.

— En fait, j'ai besoin qu'on m'injecte de l'eau. Grande sœur, je n'ai pas besoin de nourriture. J'ai besoin d'eau.

*

— Vous faites un travail difficile, complimente-t-elle l'infirmière-chef.

Tout en leur tendant les gâteaux de riz qu'elle a apportés, elle salue ses collègues. Alors que, comme à l'accoutumée, ils échangent des questions et des réponses à propos de Yŏnghye, une femme qui semble être dans la cinquantaine et qui la prend toujours pour une infirmière s'approche depuis la fenêtre et la salue :

— J'ai la migraine. Demandez au docteur de me donner d'autres médicaments.

— Je ne suis pas infirmière. Je suis venue voir ma sœur.

La femme lui adresse un regard suppliant.

— Aidez-moi… Je ne peux plus supporter ce mal de tête. Comment vivre avec ça ?

Un autre malade, qui peut avoir entre vingt et trente ans, vient se plaquer contre son dos. Ce sont des choses qui arrivent dans un hôpital psychiatrique, mais elle n'est pas rassurée. Les aliénés ignorent la distance qu'il faut maintenir entre deux corps, entre deux regards. Il y a là tout un groupe de patients enfermés dans leur monde à eux, l'œil vide, mais d'autres l'ont si clair qu'on se demande s'ils ne font pas partie du personnel. Comme sa sœur à une époque.

— Madame ! Pourquoi le laissez-vous faire, celui-là ? Il n'arrête pas de me taper dessus, crie d'une voix aiguë à l'infirmière-chef une femme d'une trentaine d'années.

Sa paranoïa semble aggravée chaque fois qu'Inhye vient.

Elle salue à nouveau les infirmiers :

— Je vais retourner voir ma sœur.

Leur expression lui laisse deviner qu'eux aussi sont découragés par le cas de Yŏnghye. Ils ne pensent pas que les paroles d'une sœur auront plus d'effet. Elle se faufile prudemment parmi les patients, en faisant attention à ne heurter personne. Elle se dirige vers le couloir où se trouve la chambre de Yŏnghye. Quand elle entre par la porte restée ouverte, une femme aux cheveux courts la reconnaît et vient vers elle.

— Vous êtes là !

Elle s'appelle Hiju, se fait traiter pour son alcoolisme. Elle est mignonne en dépit de son corps un peu trapu et de sa voix rauque, surtout grâce à ses grands yeux. Dans cette clinique, on incite les pensionnaires en état de le faire à s'occuper des malades d'Alzheimer en échange d'un peu d'argent de poche payé par la famille de ces derniers. C'est ainsi que, depuis que Yŏnghye éprouve des difficultés pour se déplacer du fait de sa sous-alimentation, elle fait appel à Hiju.

— Ça n'a pas été trop dur ? lui lance Inhye en souriant, après l'avoir saluée. Mais aussitôt, deux mains moites s'emparent des siennes.

— Qu'est-ce qu'on peut faire ? Il paraît que Yŏnghye peut mourir !

Les yeux ronds de Hiju se mouillent.

— Comment va-t-elle ?

— Elle a encore craché du sang. Il paraît que comme elle ne mange pas, son estomac est attaqué par l'acide gastrique et que ça provoque des crampes.

— Vous croyez que c'est ce qui lui fait cracher du sang ?

De violents sanglots la secouent.

— Ce n'était pas comme ça quand j'ai commencé à prendre soin d'elle… Peut-être que j'aurais pu l'empêcher ? Je n'imaginais pas qu'elle en arriverait là… Je préférerais ne pas m'en être occupée, je n'aurais pas autant de peine.

Lâchant les mains de Hiju, dont la voix se trouble de plus en plus, Inhye s'approche lentement du lit. Pourtant, elle préférerait ne rien voir. Si seulement quelqu'un pouvait s'interposer…

Yŏnghye est allongée sur le dos. Elle semble fixer quelque chose, mais, à l'observer de près, on se rend compte qu'il n'en est rien. Il ne reste presque plus de chair sur son visage, son cou, ses épaules, ses bras, ses jambes. On dirait une victime de la famine. Elle aperçoit du duvet sur ses joues et ses avant-bras, comme sur la peau des bébés. Une trop longue ascèse a cassé son équilibre hormonal, avait dit le médecin.

Va-t-elle redevenir une enfant ? Cela fait longtemps

qu'elle n'a plus ses règles, ses seins sont inexistants, elle ne pèse même pas trente kilos. Elle est là, dans cet étrange corps de gamine d'où s'est effacé tout caractère sexuel.

Elle soulève le drap blanc. Retournant Yŏnghye qui ne bronche pas, elle vérifie qu'il n'y a pas d'escarres sur son dos. La partie qui était irritée la dernière fois ne l'est plus. Son regard s'arrête sur la tache mongolique d'un vert pâle, bien visible au-dessus des fesses desséchées. L'image des fleurs partant de là pour couvrir tout le corps s'impose à elle avant de disparaître.

— Merci, Hiju.

— Je la nettoie tous les jours avec une serviette mouillée. Je lui mets aussi du talc, mais le temps est si humide que ça ne guérit pas facilement.

— Merci, vraiment.

— Autrefois, quand je la lavais avec une infirmière, c'était dur. Mais maintenant elle est si légère que ce n'est pas difficile. J'ai l'impression de m'occuper d'un bébé. Justement, aujourd'hui, je voulais lui donner un bain, une dernière fois, puisque, apparemment, elle va être transférée dans un autre hôpital…

Ses grands yeux s'embuent à nouveau.

— Bonne idée. On va faire ça ensemble tout à l'heure.

— Oui, on aura de l'eau chaude à quatre heures…

Hiju ne cesse d'essuyer ses yeux rougis.

— À tout à l'heure, alors.

Après l'avoir saluée d'un hochement de tête, Inhye s'apprête à couvrir sa sœur avec le drap. Elle remarque des veines éclatées : il y en a partout, aux bras, aux pieds, jusque sur les talons. Seules des injections intraveineuses permettent de l'alimenter en protéines et en glucose, mais il n'y a plus d'endroit intact où introduire une aiguille. La dernière méthode possible serait de brancher une perfusion aux veines caves des épaules, mais c'est une opération dangereuse qui doit se faire dans un autre hôpital, a dit le médecin qui l'a appelée la veille. Il a aussi expliqué qu'ils avaient essayé à plusieurs reprises de lui faire avaler de la bouillie de riz par un tuyau introduit dans le nez, mais en vain, car Yŏnghye avait contracté son gosier. Aujourd'hui, ils vont donc faire un dernier essai avant de rendre les armes.

Il y a trois mois, après que sa sœur avait été découverte dans la forêt, Inhye est venue lui rendre visite comme à son habitude et, aux services administratifs, on lui a annoncé que le médecin en charge souhaitait lui parler. Elle s'est posé des questions, car elle ne l'avait jamais revu depuis qu'elle avait fait entrer sa sœur à la clinique.

— Sachant que la vue de la viande la rend nerveuse, nous avons été attentifs à ce qu'on lui donnait à manger. Mais à présent, elle ne sort même plus dans le hall aux heures des repas et refuse ce qu'on lui sert dans sa chambre. Cela dure depuis quatre jours. Elle commence à se déshydrater. Elle s'oppose aussi violemment aux perfusions… Je ne suis même pas sûr qu'elle prenne bien ses médicaments.

En fait, il la soupçonnait de ne pas les prendre du tout. Il se reprochait de s'être laissé leurrer par une amélioration apparente. Ce matin-là, une infirmière était présente au moment où Yǒnghye devait les avaler. Elle lui avait demandé de lui montrer le dessous de sa langue, mais avait essuyé un refus. L'infirmière l'avait forcée à la laisser vérifier avec une lampe de poche et avait trouvé les cachets.

Ce jour-là, Inhye avait demandé à sa jeune sœur, allongée sous perfusion :

— Pourquoi as-tu fait ça ? Qu'est-ce que tu faisais dans cette forêt toute noire ? Tu n'avais pas froid ? Tu risquais de tomber gravement malade.

Les cheveux de Yǒnghye étaient ébouriffés comme un bouquet d'algues marines autour de son visage amaigri.

— Il faut manger ! Si tu ne veux pas de viande, ça te regarde, mais pourquoi refuses-tu tout le reste ?

Yǒnghye a remué les lèvres :

— J'ai soif. Donne-moi de l'eau.

Elle est allée en chercher dans le hall. Après avoir bu, la malade lui a demandé, le souffle saccadé :

— As-tu parlé au docteur ?

— Oui. Pourquoi ne manges-tu…

Yǒnghye l'a interrompue :

— Il t'a dit que mes intestins s'étaient atrophiés, pas vrai ?

Inhye était abasourdie. Sa sœur a approché d'elle son visage décharné.

— Je ne suis plus un animal, grande sœur, a-t-elle déclaré comme s'il s'agissait d'un secret important, tout en promenant son regard sur la chambre où il n'y avait personne d'autre. Je n'ai plus besoin de manger. Je peux vivre sans. Il me faut juste du soleil.

— Qu'est-ce que tu racontes ? Tu penses vraiment que tu es devenue un arbre ? Comment un arbre pourrait-il parler ? Comment ferait-il pour penser ?

Inhye a perçu un éclat dans les yeux de Yŏnghye, assorti d'un sourire mystérieux.

— Tu as raison… Bientôt, la parole et la pensée vont disparaître. Ça ne va pas tarder.

Après avoir émis des gloussements, elle a poussé un profond soupir :

— Vraiment pas. Attends encore un peu.

*

Le temps s'écoule.

La demi-heure qu'on lui a accordée sera vite passée. Dehors, la pluie s'est calmée. Peut-être même vient-elle de s'arrêter, vu l'immobilité des gouttes suspendues aux moustiquaires.

Elle s'assied sur une chaise posée près du chevet de Yŏnghye. Elle ouvre son sac et en sort des boîtes Tupperware de différentes tailles. Après avoir fixé les yeux inexpressifs de sa sœur, elle ouvre la plus petite. Un parfum s'exhale dans l'air humide de la chambre.

— Yŏnghye ! C'est de la pêche ! De la pêche jaune en boîte. Tu aimes ça, n'est-ce pas ? Tu en mangeais même quand c'était la saison des vraies pêches, comme les enfants.

Elle pique un morceau à l'aide d'une fourchette et l'approche du nez de la malade.

— Sens… Ça ne te donne pas envie ?

180

Le récipient suivant contient de la pastèque, coupée en petits morceaux pour faciliter l'ingestion.

— Quand tu étais petite, chaque fois que je coupais une pastèque en deux, tu voulais la flairer. Tu t'en souviens ? Certaines se fendaient au premier coup de couteau et l'odeur embaumait toute la maison.

Yŏnghye ne bronche pas.

Voilà ce que devient un être humain après trois mois de jeûne. Même la tête se réduit. Celle de Yŏnghye est si petite qu'on a du mal à croire qu'elle appartient à un adulte. Elle frotte doucement un morceau de pastèque contre les lèvres de Yŏnghye. Avec deux doigts, elle essaie en vain de les écarter.

— Yŏnghye, appelle-t-elle à voix basse. Réponds, Yŏnghye !

Elle réprime son désir impulsif de secouer ses épaules raides et d'ouvrir de force sa bouche. Elle est tentée de crier à son oreille à en déchirer le tympan :

— Qu'est-ce que tu fabriques ? Tu m'entends ? Tu veux mourir ? Tu veux vraiment mourir ?

Elle observe, éperdue, sa propre colère monter en elle comme des bulles brûlantes.

Le temps passe.

Elle tourne la tête pour regarder dehors. La pluie a sûrement cessé, mais le ciel est toujours nuageux. Les arbres mouillés ne bruissent pas. De cette chambre située au deuxième étage, on peut voir au loin la forêt dense du mont Ch'uksŏng, propice au repos. Elle aussi est silencieuse.

Inhye sort une bouteille Thermos de son sac. Elle

verse du thé au coing dans un gobelet métallique qu'elle a apporté.

— Bois, Yŏnghye. Le coing est bien infusé.

Elle goûte elle-même la boisson, qui laisse un goût sucré et parfumé au bout de la langue. Elle en verse un peu sur un mouchoir et mouille les lèvres de Yŏnghye. Toujours aucune réaction.

Elle lance :

— Tu tiens à mourir comme ça ? Je suppose que non ! Si ce que tu veux, c'est devenir un arbre, il faut que tu manges. Il faut que tu vives !

Elle s'interrompt et retient son souffle. Une idée qu'elle n'a pas envie d'accepter vient de naître en elle. Ne se serait-elle pas trompée ? Ce que Yŏnghye souhaite depuis le début, ne serait-ce pas ça, la mort ?

Non, se dit-elle. Ce n'est pas la mort que tu cherches.

Avant de s'enfermer dans le mutisme, un mois à peu près auparavant, Yŏnghye lui avait murmuré :

— Grande sœur, fais-moi sortir d'ici.

Elle était déjà tellement amaigrie qu'on reconnaissait à peine ses traits. Son discours était saccadé, son souffle rapide et bruyant, probablement parce qu'elle avait du mal à parler longuement.

— On essaie tout le temps de me faire manger… Je n'en ai pas envie, mais on veut m'y obliger. Une fois, j'ai tout vomi… Alors ils me font une piqûre qui m'endort aussitôt après le repas. Je ne veux pas de ces piqûres. Je n'en veux vraiment pas… Fais-moi sortir. Je ne veux plus rester ici.

Elle avait saisi la main osseuse de Yŏnghye.

— Tu n'arrives même pas à marcher ! Tu tiens le

coup seulement grâce aux perfusions… Si on te laisse rentrer à la maison, est-ce que tu vas recommencer à te nourrir ? Si tu me promets de le faire, je vais te faire sortir.

Les yeux de Yŏnghye avaient perdu leur éclat, ce qui n'avait pas échappé à Inhye.

— Réponds, Yŏnghye. Si tu me le promets…

Tournant la tête pour ne plus la voir, sa sœur avait alors déclaré d'une voix à peine audible :

— Tu es comme les autres.

— Qu'est-ce que ça veut dire ? Je…

— Personne ne me comprend… Ni les médecins ni les infirmières. Ils sont tous pareils… Ils n'essaient pas de me comprendre… Ils se contentent de me donner des médicaments, de me faire des piqûres…

Elle s'exprimait lentement, d'une voix basse, mais ferme. Le ton était on ne peut plus glacial. Inhye a fini par laisser fuser le cri qu'elle avait jusqu'alors comprimé en elle :

— C'est parce que… on a peur que tu meures !

Tournant la tête, Yŏnghye l'a regardée comme si elle ne la connaissait pas. Ses dernières paroles avaient été :

— Et alors ? C'est interdit de mourir ?

*

« Et alors ? C'est interdit de mourir ? »

Que pouvait-elle répondre à cela ? Aurait-elle dû se mettre en colère, lui reprocher de dire n'importe quoi ?

Longtemps auparavant, Yŏnghye et elle s'étaient perdues sur une colline. Sa sœur, qui avait alors neuf ans, lui avait dit : « Ne rentrons pas. » Inhye n'avait pas saisi le sens de cette remarque.

« Qu'est-ce que ça veut dire ? Il va faire bientôt nuit. Il faut qu'on retrouve notre chemin ! »

Ce n'est que bien plus tard qu'elle a compris ce qu'elle avait voulu dire. Les coups de leur père allaient surtout à Yŏnghye. Yŏngho, leur frère, se défoulait sur ses copains et avait donc dû moins souffrir. Elle-même était la fille aînée, qui préparait pour son père, à la place d'une mère épuisée, de la soupe pour accompagner ses beuveries et, de ce fait, il la ménageait. Yŏnghye, d'un caractère docile, mais rigide, n'avait pas su plaire à leur père. Elle ne se révoltait pas, intériorisant tout ce qu'elle subissait. Inhye le sait à présent. Le sérieux dont elle faisait preuve en tant qu'aînée ne traduisait pas sa maturité, mais sa lâcheté. Ce n'était qu'une façon de se protéger elle-même.

Aurait-elle pu empêcher tout cela ? Empêcher que des souffrances invisibles ne pénètrent jusque dans les os de Yŏnghye ? La petite Yŏnghye – son dos lorsque, au coucher du soleil, elle allait se tenir seule devant le portail. Finalement, ce jour-là, elles étaient descendues par l'autre côté de la colline et s'étaient fait transporter par un tracteur qui allait au petit bourg où elles habitaient, roulant sur un chemin inconnu dans la lumière déclinante du jour. Elle-même se sentait rassurée, mais Yŏnghye n'exprimait rien de tel. Silencieuse, elle se contentait de regarder les peupliers que le crépuscule embrasait.

Ce soir-là, si elles n'étaient pas rentrées chez elles, comme Yŏnghye l'avait suggéré, les choses auraient-elles tourné différemment ?

Tout se serait-il passé autrement si, le jour de la réunion de famille, elle avait retenu plus fermement le bras de son père alors qu'il s'apprêtait à gifler sa sœur ?

Lorsque Yŏnghye avait amené son futur mari pour le présenter à la famille, Inhye n'avait pas éprouvé de sympathie pour cet homme froid. Tout se serait-il passé autrement si, se fiant à son instinct, elle s'était opposée à ce mariage ?

Il lui arrivait souvent de réfléchir à tous les facteurs qui avaient dû jouer un rôle dans le destin de Yŏnghye et de méditer à leur propos. Il était inutile, voire impossible, de déchiffrer le sens de chacune des pierres posées sur le jeu de go qu'était la vie de sa sœur. Mais elle ne pouvait cesser d'y penser.

Si elle-même n'avait pas épousé l'homme qu'elle avait épousé…

Arrivé à ce stade, son cerveau se paralysait.

Elle n'avait jamais vraiment cru l'aimer. Elle s'était mariée tout en le sachant inconsciemment. Avait-elle besoin de quelque chose qui l'oblige à se dépasser elle-même ? Le travail de son mari ne lui apportait aucune aide financière, mais elle aimait l'atmosphère qui régnait dans la famille de celui-ci, dont la plupart des membres étaient enseignants ou médecins. Elle s'était efforcée de s'adapter à la façon de parler de cet homme, à ses penchants, à ses goûts alimentaires, à ses habitudes au lit. Il y avait eu une période, au début, où ils avaient de petites et de grandes disputes comme n'importe quel couple, mais elle n'avait pas tardé à se résigner sur certains points, quand elle en était capable. Avait-elle eu raison de le faire ? Ne l'avait-elle pas déçu autant qu'il l'avait déçue durant les huit ans de leur mariage ?

Neuf mois environ auparavant, il lui avait téléphoné, pour la première et la dernière fois. Il était presque minuit. Était-il en province ? Les jetons tombaient à intervalles rapprochés.

— Chiu me manque.

Cette voix familière, basse, tendue et qui feignait le calme, lui avait percé le cœur comme un couteau mal aiguisé.

— Est-ce que je peux le voir, juste une fois ?

C'était tout lui ! Sans préambule ni demande de pardon, il passait directement au sujet de sa requête, l'enfant. Il n'avait même pas demandé ce que Yŏnghye était devenue.

Inhye connaissait sa sensibilité. Elle savait comme il se sentait facilement blessé dans son amour-propre ou désespéré. Qu'un seul refus qu'elle lui opposerait suffirait pour qu'il ne la rappelle plus avant longtemps. Malgré cela, ou plutôt à cause de cela, elle avait reposé le récepteur sans lui répondre.

Une cabine téléphonique dans la nuit. Des baskets usées, des habits défraîchis. Le visage chagriné d'un quadragénaire… Elle avait secoué la tête pour en chasser ces images. Celle où il tentait de s'envoler comme un oiseau depuis le balcon de Yŏnghye s'était substituée à elles. Il n'y était pas parvenu, alors qu'il avait glissé tant d'ailes dans son œuvre…

Elle se souvenait très nettement de son dernier regard. Son visage, effaré, lui avait paru étranger. Il n'appartenait pas à celui qu'elle avait tant essayé d'admirer, celui qui l'avait amenée à se sacrifier corps et âme pour le comprendre et le protéger. Celui qu'elle croyait connaître n'était que son ombre.

— Je ne te connais pas, avait-elle murmuré pour elle-même, sa main pesant sur le récepteur qu'elle venait de reposer. Donc pas besoin de pardonner, ni de se faire pardonner.

Le téléphone avait de nouveau sonné. Elle avait débranché la prise pour ne la rebrancher que le lendemain matin. Comme elle l'avait prévu, il ne l'avait plus jamais appelée.

*

Le temps ne s'immobilise jamais.

Yŏnghye garde à présent les yeux fermés. Est-elle endormie ? A-t-elle senti l'odeur des aliments que sa sœur avait posés sur ses lèvres ?

Inhye regarde les pommettes saillantes de sa sœur, ses paupières enfoncées et ses joues creuses. Elle se sent oppressée. Elle se lève et se dirige vers la fenêtre. Le ciel s'est éclairci, laissant filtrer un peu plus de lumière. La forêt estivale du mont Ch'uksŏng retrouve ses nuances naturelles. C'était sans doute quelque part sur cette pente que l'on avait retrouvé Yŏnghye, cette nuit-là.

187

— J'avais entendu du bruit, avait-elle expliqué, couchée sous perfusion. J'y suis allée parce qu'on m'appelait, voilà, c'est tout… Comme je n'entendais plus rien… j'y suis restée à attendre, c'est tout.

— Attendre quoi ? lui avait demandé Inhye.

Les yeux de Yŏnghye s'étaient soudain ravivés. Tendant la main libre de toute aiguille, elle s'était emparée de celle de sa sœur, sidérée par la force de la prise.

— J'allais… fondre sous la pluie… entièrement… pour entrer sous terre. C'était le seul moyen de pousser à l'envers.

La voix émue de Hiju revient brusquement à la mémoire de Inhye :

— Qu'est-ce qu'on peut faire ? Il paraît que Yŏnghye peut mourir !

Puis elle sent ses oreilles se boucher comme lorsqu'on est dans un avion qui décolle.

Il y a un souvenir qu'elle n'a pu dévoiler à personne. Il en sera toujours ainsi.

C'était deux ans auparavant, au mois d'avril. Au printemps de l'année où son mari avait filmé sa sœur, Inhye avait perdu du sang pendant presque un mois. Elle ne comprenait pas pourquoi, mais chaque fois qu'elle lavait sa culotte, elle repensait à celui qui avait jailli du poignet de Yŏnghye quelques mois auparavant. Elle se disait, tout en remettant à plus tard, par peur, la consultation médicale : « Si je suis atteinte d'une mauvaise maladie, combien de temps me reste-t-il à vivre ? Un an ? Six mois ? Trois peut-être ? » Ce dont elle avait alors pleinement pris conscience, pour la première fois, c'était du temps qu'elle avait passé avec lui. Un temps dépourvu de joie et de spontanéité, un temps uniquement dominé par le souci de l'autre et celui de tenir bon – qu'elle avait assumé de son plein gré.

Le matin où elle s'était enfin décidée à se faire examiner à la clinique où elle avait accouché de Chiu, elle attendait le train qui tardait sur le quai du métro en plein air de la station Wangsimni. Il y avait en face des bâtiments provisoires en ferraille tout décrépits, avec de l'herbe qui avait poussé entre des cales extérieures, sur une rue peu fréquentée. Soudain, l'impression de n'avoir jamais vraiment vécu l'avait submergée. C'était vrai : elle n'avait jamais vraiment vécu. Depuis son enfance, aussi loin que sa mémoire pouvait remonter, elle n'avait fait que subir. Elle avait la conviction qu'elle était foncièrement gentille et qu'en conséquence, elle ne portait préjudice à personne. Elle était sérieuse, avait à sa façon réussi sa vie et les choses pouvaient continuer ainsi. Mais il y avait une chose qu'elle ne comprenait pas. Face à ces édifices délabrés et à ces herbes folles, elle n'était qu'une enfant qui ne savait pas ce qu'était la vraie vie.

Lorsqu'elle s'était allongée sur la table d'examen, s'efforçant de dissimuler ses frissons et sa honte, le médecin, la quarantaine à vue d'œil, avait introduit une optique au fond de son vagin et enlevé des polypes collés sur la paroi. Elle s'était tordue sous l'effet d'une douleur aiguë.

— C'est ça qui a provoqué l'hémorragie. Comme

je les ai tous enlevés, le sang va couler abondamment pendant quelques jours encore avant de s'arrêter. Ne vous inquiétez pas, les ovaires sont intacts.

À cet instant précis, elle avait ressenti une souffrance paradoxale. Sa vie n'était plus en péril, mais cela ne lui faisait aucun plaisir. La crainte d'une maladie grave qui l'avait préoccupée pendant un mois n'était en réalité qu'un souci insignifiant. Si, sur le chemin du retour, elle avait senti ses jambes fléchir sur le quai de la station Wangsimni, ce n'était pas seulement à cause des séquelles de l'intervention. Quand la rame était enfin entrée en gare dans un vacarme assourdissant, elle avait cherché refuge derrière un siège métallique de la plate-forme. Elle avait peur que quelque chose en elle-même ne la jette sous le train.

Comment expliquer les quatre mois qui avaient suivi ce jour ? L'hémorragie avait duré encore deux semaines, puis s'était arrêtée une fois la cicatrisation achevée. Mais elle avait toujours l'impression d'avoir une plaie béante dans le corps – si profonde qu'il semblait devoir être aspiré dans ce trou noir.

En silence, elle avait vu le printemps s'en aller, l'été le remplacer. Les tenues de ses clientes devenaient de plus en plus courtes et colorées. Comme d'habitude, elle leur souriait, leur proposait sa marchandise avec entrain, leur faisait des prix dans la mesure du raisonnable et les gâtait avec des échantillons et d'autres cadeaux. Elle collait des affiches publicitaires pour de nouveaux articles à des endroits bien visibles, remplaçait sans accroc les esthéticiennes qui n'étaient pas appréciées par les clientes. Mais lorsque, en fin de journée, elle allait chercher Chiu en laissant la boutique au soin de ses employées, elle se sentait exténuée, comme à deux pas de la tombe. Un soir de chaleur tropicale qu'elle marchait dans une rue envahie par la musique et les couples d'amoureux, elle avait à nouveau senti que ce trou noir tentait de l'avaler. Alors, elle avait traversé le quartier en halant son corps trempé de sueur.

C'était vers l'époque où le matin et le soir apportent un peu de fraîcheur aux torrides journées d'été. Son mari, rentrant à l'aube après plusieurs jours d'absence selon son habitude, l'avait prise dans ses bras, mais elle l'avait repoussé :

— Je suis fatiguée... Je te dis que je suis fatiguée !

Il lui avait dit :

— Ça ne sera pas long.

À cet instant lui était venue une révélation. Elle s'était rappelé qu'elle avait entendu cette phrase un nombre incalculable de fois dans un demi-sommeil. Qu'elle avait tenu bon en se disant dans son engourdissement qu'après cela, elle serait tranquille pendant un moment. Que sa torpeur lui avait permis de gommer la douleur et l'humiliation. Qu'il lui était arrivé, au petit déjeuner suivant, de sentir s'éveiller en elle la pulsion de se crever les yeux avec des baguettes ou de se verser sur la tête l'eau brûlante de la bouilloire.

Une fois qu'il s'était endormi, la chambre avait retrouvé son calme. En couchant sur le dos l'enfant qui dormait sur le flanc, elle avait remarqué dans la pénombre que les profils du père et du fils présentaient une touchante ressemblance.

Il n'y avait aucun problème. C'était évident. Elle n'avait qu'à continuer à vivre comme elle l'avait fait jusque-là. Elle n'avait pas le choix.

Le sommeil l'avait complètement abandonnée, mais une lourde fatigue lui écrasait la nuque. Elle avait l'impression que son corps était complètement déshydraté, qu'il était en lambeaux.

Sortant de la chambre, elle avait jeté un coup d'œil à la fenêtre du balcon, encore teintée d'un noir bleuâtre. Comme si elle n'avait jamais mis les pieds auparavant dans cet appartement, elle avait promené son regard sur les jouets avec lesquels le gamin avait joué la veille, sur le canapé, le téléviseur, les portes du meuble de la cuisine, les taches sur la gazinière… Elle avait été saisie d'une étrange douleur à la poitrine, de la sensation que l'espace se resserrait de plus en plus autour d'elle.

Elle avait ouvert un placard et en avait sorti un T-shirt en coton dont la couleur mauve avait perdu tout son éclat parce qu'elle le portait très souvent quand elle était chez elle. Elle avait l'habitude de l'endosser quand elle ne se sentait pas bien, de se laisser rassurer par l'odeur de nourrisson dont il était resté imprégné, même après plusieurs lavages. Mais cette fois, cela n'avait eu aucun effet. L'élancement s'était aggravé. Essoufflée, elle s'efforçait de respirer profondément.

Elle s'était assise de biais sur le canapé, avait tenté de calmer son souffle tout en suivant du regard le mouvement de la trotteuse de l'horloge. Mais cela ne marchait pas. L'impression d'avoir déjà vécu ce moment un nombre incommensurable de fois l'avait brusquement assaillie. Une douloureuse conviction s'imposait à elle comme si elle existait depuis longtemps, n'attendant que cet instant pour apparaître.

Tout ceci est dépourvu de sens.

Je ne peux plus le supporter.

Je ne peux plus continuer.

Je ne veux plus.

Elle avait encore regardé les objets qui l'environnaient. Ils ne lui appartenaient pas – pas plus que sa propre vie.

Elle avait enfin compris sur ce quai de gare, par un après-midi de printemps alors que la mort lui paraissait proche, une affaire de quelques mois, avec ce sang qui n'arrêtait pas de couler de son corps. Compris qu'elle était morte depuis longtemps. Que sa vie épuisante n'était qu'une pièce de théâtre, une illusion. Le visage de la camarde qui se tenait à ce moment-là à ses côtés lui était familier comme celui d'un parent qu'elle aurait retrouvé après une longue séparation.

Se soulevant alors qu'elle tremblait comme sous l'effet du froid, elle s'était approchée de la chambre où étaient rangés les jouets. Elle avait détaché le mobile qu'elle avait décoré avec Chiu tous les soirs de la semaine précédente et avait entrepris d'en ôter la ficelle. Les nœuds étaient si bien faits qu'elle en avait mal aux doigts, mais, à force de persévérance, elle était parvenue à les défaire. Après avoir rangé dans un panier les étoiles en papier colorié ou en cellophane qui le décoraient, elle avait enroulé la cordelette et l'avait fourrée dans une poche de son pantalon.

Elle avait glissé ses pieds nus dans ses sandales, puis était sortie en poussant la lourde porte. Elle avait descendu les quatre étages. Dehors, il faisait encore sombre. Seules les fenêtres de deux ou trois appartements de cet immeuble colossal étaient éclairées. Passant par une petite porte de derrière, elle avait entrepris de monter la colline en empruntant un sentier étroit et sombre.

Le bois semblait plus profond que d'habitude à cause de l'obscurité bleuâtre. L'heure était très matinale, même pour les vieux lève-tôt qui venaient y recueillir de l'eau de source. Tête basse, elle avait marché et marché encore. Elle avait passé le revers de la main sur son visage trempé d'un mélange de sueur et de larmes. Puis elle avait senti la douleur, ce trou en elle qui tentait de l'engloutir, une peur violente et, lovée en elle, une étrange paix.

*

Le temps ne s'immobilise jamais.

Elle revient à la chaise. Ouvre le couvercle de la dernière boîte. Attirant de force la main raidie de sa sœur, elle lui fait toucher la peau lisse des prunes. Elle l'oblige à en saisir une en refermant les doigts maigres autour.

Elle n'a pas oublié que ce fruit aussi, Yŏnghye l'avait aimé. Elle se souvient qu'un jour, la petite Yŏnghye lui avait dit, tout en en faisant rouler une à l'intérieur de sa bouche sans la mâcher, que la sensation était agréable. Mais en cet instant, la main de Yŏnghye ne réagit pas. Inhye se dit que ses ongles sont telle-ment amincis qu'ils font penser à du papier.

— Yŏnghye !

Sa voix qui résonne dans le silence de la chambre est comme désincarnée. Elle n'obtient aucune réponse. Elle se penche sur sa sœur. À cet instant, comme miraculeusement, les paupières de cette der-nière s'ouvrent.

— Yŏnghye !

Inhye examine les yeux noirs atones. Seuls des reflets de son propre visage y apparaissent. Une déception aussi grande que l'étonnement qu'elle a d'abord ressenti l'étreint.

— Tu es devenue folle, vraiment folle ?

Pour la première fois, elle jette à Yŏnghye la ques-tion qu'elle-même a refusé de se poser durant des années.

— Es-tu vraiment devenue folle ?

Une peur mystérieuse provoque chez elle un mou-vement de recul. Le calme du lieu, où on n'entend même pas de respiration, emplit ses oreilles comme du coton mouillé.

— Si ça se trouve…, murmure-t-elle en brisant le silence. C'est plus simple qu'on le pense.

Elle s'interrompt et hésite, avant de reprendre :

— Devenir fou, c'est-à-dire…

Elle ne poursuit pas. Au lieu de cela, elle tend un bras pour poser un index sous le nez de sa sœur. Un souffle faible et chaud lui chatouille le doigt, len-tement mais avec régularité. Les lèvres se mettent à trembler légèrement.

Yŏnghye a peut-être déjà connu, longtemps auparavant et en accéléré, la peine et l'insomnie que Inhye
est en train d'endurer en silence, pour aller encore
plus loin. Ce faisant, elle a peut-être fini par lâcher
le mince cordon qui la reliait au quotidien. Pendant
ses trois mois sans sommeil, elle s'était dit dans son
trouble que, sans Chiu – sans la responsabilité qu'il
lui impose –, elle aurait fini elle aussi par larguer toute
amarre.

Les seuls moments où le mal cesse comme par
miracle sont ceux qui suivent un éclat de rire. Lorsque
son fils en fait jaillir un par un propos ou un comportement, elle reste comme hébétée. Quelquefois, elle a
du mal à croire qu'elle a ri et elle rit à nouveau – ce
qui relève moins de la joie que du trouble, mais Chiu
aime la voir ainsi.

— Comme ça ? C'est ça qui t'a fait rire ?

Il entreprend alors de recommencer. Il pointe ses
lèvres en avant, se fait des cornes avec les doigts,
ou bien simule une chute, ou encore fait le singe en
coinçant sa tête entre ses deux genoux et en criant
«Maman ! Maman !» avec un drôle d'accent. Plus elle
rit, plus il en rajoute. Il finit par mobiliser le souvenir de tout ce qui a provoqué l'hilarité de sa mère en
d'autres occasions. Il ne peut deviner que ses efforts
obstinés suscitent en elle un sentiment de culpabilité
qui finit par faire s'évanouir le rire.

«Vivre, c'est une chose étrange», se dit-elle après
s'être ainsi esclaffée. Quoi qu'il arrive, même après un
événement horrible, on mange, on boit, on défèque,
on se lave – bref, la vie continue. Quelquefois même,

on s'amuse. Quand elle se dit que son mari aussi peut-être continue à vivre comme elle le fait, une vague d'une compassion oubliée la submerge, semblable à une torpeur qui doucement vous envahit.

Cependant, la nuit ne manque pas d'arriver et le petit être allongé à ses côtés, au visage si innocent, plonge dans un sommeil lourd.

Une aube encore ténébreuse. Trois ou quatre heures avant le réveil de l'enfant. Ce temps où on n'entend aucun bruit. Long comme une éternité et profond comme une mare. Quand elle se blottit dans la baignoire vide, les yeux fermés, une forêt sombre l'ensevelit. Des flèches de pluie s'enfoncent dans le corps de Yŏnghye, ses pieds décharnés se couvrent de boue. Inhye secoue la tête pour en effacer cette scène, mais elle ne sait pourquoi, des arbres d'un jour d'été dansent devant ses yeux comme d'énormes flammes vertes. Est-ce à cause de l'hallucination que Yŏnghye lui a racontée ? Les innombrables arbres qu'elle a vus au cours de sa vie, les vagues de forêts recouvrant le monde comme un océan sans pitié l'enveloppent dans sa fatigue et s'enflamment. Les villes, les villages et les routes remontent en surface comme des îles, petites ou grandes, comme des ponts, mais sont repoussés par ces houles brûlantes qui les emportent doucement vers une destination inconnue.

Elle ne comprend pas ce que signifient ces coulées. Ni ce que voulaient lui dire les arbres qu'elle a vus, cette aube-là, au bout du sentier de la colline, se dressant dans la pénombre comme des flammes bleues.

Il ne s'agissait pas de mots de tendresse, de consolation ou de soutien. Ce n'était pas non plus l'encourager et l'aider à se relever. C'était au contraire les paroles d'êtres cruels, hostiles au point d'être effrayants. Elle avait eu beau regarder autour d'elle, elle n'en avait pas trouvé un seul qui voulût bien recueillir sa vie. Aucun d'eux ne voulait d'elle. Ils étaient là, tels de gigantesques animaux, vigoureux et austères.

Le temps ne s'immobilise jamais.

Elle referme toutes les boîtes Tupperware. Elle les range une par une dans le sac, avec la bouteille Thermos. Elle tire la fermeture éclair.

Dans quelles dimensions temporelle et spatiale l'âme de Yŏnghye est-elle partie, au-delà de cette carcasse dont il ne reste que la peau et les os ? Elle évoque l'image de sa sœur se tenant, la tête en bas, appuyée sur ses bras. Se croyait-elle dans une forêt, et non sur un sol en ciment ?

Des tiges brunes et persistantes vont-elles pousser sur elle ? Des racines blanchâtres vont-elles s'élancer de ses mains pour s'ancrer dans la terre noire ? Ses jambes vont-elles se tendre vers le ciel et ses mains vers le noyau de la Terre ? Sa taille, étirée jusqu'au point de rupture, va-t-elle supporter ces forces antagonistes ? Lorsque la lumière descendant du ciel va traverser Yŏnghye, l'eau jaillissant de la terre fera-t-elle naître des fleurs dans son entrecuisse ? Son âme avait-elle eu la vision de tout ceci lorsqu'elle était ainsi dressée, les mains sur le sol ?

— Oui, tout cela a-t-il un sens ? prononce distinctement Inhye. Tu es en train de mourir.

Elle hausse la voix.

— Couchée sur ce lit, tu es en train de mourir. Rien de plus, rien de moins.

Elle se mord les lèvres. Si fort que le sang est visible sous la peau. Elle réprime son envie de saisir entre ses mains le visage de marbre de Yŏnghye, de secouer énergiquement son corps de spectre et de le projeter violemment dans les airs.

Le délai est écoulé.

Elle saisit son sac et range la chaise. Le buste penché en avant, elle sort de la chambre. Elle tourne la tête et regarde Yŏnghye, toujours figée sous le drap. Elle serre les dents encore plus fort, puis se met à marcher vers le hall.

*

Là, une infirmière aux cheveux courts et raides s'assied devant une table sur laquelle elle pose un petit panier en plastique. Il contient différentes sortes de coupe-ongles. Les malades forment une file pour en recevoir un. Chacun doit avoir son préféré, car ils mettent du temps à faire leur choix. Une aide-soignante coiffée en queue-de-cheval s'installe dans un coin pour aider ceux qui sont atteints de la maladie d'Alzheimer.

Immobile, Inhye assiste à la scène. Les objets pointus, tout ce qui pourrait permettre un étranglement sont interdits dans la clinique, afin d'éviter que les pensionnaires ne se blessent mutuellement, mais surtout pour qu'ils ne s'automutilent pas. Ils doivent en effet rendre le coupe-ongles au bout d'un temps déterminé. Inhye observe leur concentration. L'horloge accrochée au mur indique deux heures cinq.

On distingue une blouse blanche derrière la porte vitrée et, aussitôt, un psychiatre fait son entrée. C'est celui qui s'occupe de Yŏnghye. Il se retourne pour verrouiller la porte derrière lui en un geste machinal. C'est sans doute le cas dans la plupart des grandes structures médicales, mais, dans les services psychiatriques, les spécialistes semblent jouir d'une autorité particulière. C'est probablement dû au fait que les patients sont enfermés. Ils se ruent tous sur lui pour l'entourer comme s'il s'agissait d'un sauveur.

— Docteur, un instant ! Avez-vous téléphoné à ma femme ? Si seulement vous pouviez lui dire que je peux sortir…

L'homme d'âge mûr glisse un mot préparé à l'avance dans la poche de la blouse du médecin.

— Je vous redonne son numéro. Un appel de votre part suffira…

Mais un vieillard qui semble atteint de la maladie d'Alzheimer lui coupe la parole :

— Docteur ! Changez-moi les médicaments. J'ai toujours un bourdonnement dans les oreilles…

Entre-temps, la paranoïaque de tout à l'heure s'approche et crie au psychiatre :

— Docteur, vous ne voulez pas m'écouter ? Je ne supporte plus ses coups. Non, mais qu'avez-vous ? Pourquoi ces coups de pied ? Dites plutôt ce que vous voulez !

Le médecin la calme avec un large sourire – réflexe professionnel.

— Je ne vous ai pas donné de coup de pied. Attendez, je vais finir avec ce monsieur. Quand a-t-il commencé, le bruit dans les oreilles ?

Alors qu'elle attend tout en tapant du pied, le visage grimaçant de la patiente révèle, plus que de la colère, de l'inquiétude et du désespoir.

La porte du hall s'ouvre à nouveau et un autre médecin, que Inhye n'a encore jamais vu, fait son entrée.

— C'est un généraliste, chuchote Hiju qu'elle n'a pas vue arriver.

C'est sans doute le généraliste de la clinique, comme il y en a un dans chaque service psychiatrique. Il a un visage jeune, un air froid, mais intelligent. Enfin libéré des sollicitations, le psychiatre s'approche de Inhye, en faisant toujours le même bruit avec ses chaussures, *tac tac tac*. Sans le vouloir, elle a un mouvement de recul.

— Lui avez-vous parlé ?

— Elle ne semble pas consciente.

— C'est ce qu'on pourrait croire, mais ses muscles sont tendus : elle n'a pas perdu conscience, elle se concentre sur quelque chose. Si vous pouviez voir ce qui arrive quand on brise de force cette concentration, vous sauriez qu'elle est parfaitement lucide !

Son attitude est sérieuse, quelque peu crispée.

— Ça peut être dur à regarder pour les proches. Si vous jugez que vous ne serez d'aucune utilité, il vaut mieux que vous restiez à l'écart.

— J'ai compris, mais… Je pense que ça va aller, répond-elle.

Un infirmier arrive par le couloir, portant sur ses épaules Yŏnghye qui se débat, et entre dans une chambre à deux lits qui est inoccupée. Inhye y pénètre sur les talons du corps médical. Le médecin avait raison : Yŏnghye était parfaitement éveillée. Ses mouvements sont si énergiques, si belliqueux qu'il est difficile de croire qu'elle était allongée quelques instants auparavant complètement inerte. Elle pousse des cris dont la plupart sont incompréhensibles. On discerne :

— Lâches ! Lâââches !

Alors qu'elle se débat, deux infirmiers et une aide-soignante se précipitent sur elle pour la coucher. Ils entravent ses quatre membres.

— Allez attendre dehors, dit l'infirmière-chef à Inhye, bouleversée. Pour la famille, c'est pénible. Il vaut mieux attendre dehors.

À cet instant précis, les yeux de Yŏnghye lancent des éclairs dans la direction de sa sœur. Ses cris s'intensifient. Elle crache des sons inarticulés. On a l'impression qu'à force de gigoter, elle va pouvoir se libérer et foncer sur elle. Sans savoir ce qu'elle fait, Inhye s'approche d'elle. Les bras squelettiques de sa sœur vibrent. De sa bouche jaillit une écume blanche.

— Je ne… veux pas ! hurle-t-elle, de façon audible cette fois.

On dirait une bête.

— Je ne… veux pas ! Je ne veux pas… manger !

Inhye enveloppe de ses mains les joues tremblantes de la jeune femme.

— Yŏnghye ! Yŏnghye !

Son regard apeuré griffe les yeux de Inhye.

— Sortez, vous gênez !

Les infirmiers la soulèvent par les aisselles. Sans qu'elle ait eu le temps de résister, elle se retrouve de l'autre côté de la porte, qui est restée ouverte. Une infirmière l'entraîne par le bras.

— Restez ici. Votre présence la rend encore plus agressive.

Le psychiatre enfile ses gants. Il prend le tube que lui tend l'infirmière-chef et l'enduit uniformément de gel. Pendant ce temps, un infirmier tente vaille que vaille d'immobiliser la tête de Yŏnghye. À la vue du tube, elle devient écarlate et réussit à se dégager de sa prise. C'est comme l'autre le lui a dit : on se demande d'où lui vient une telle force. Sans s'en rendre compte, Inhye s'avance. L'infirmière la retient. Les mains de l'infirmier finissent par s'abattre sans ménagement sur les joues creuses de Yŏnghye. Le médecin profite de cet instant pour introduire le tube dans son nez.

— Merde ! C'est encore bouché ! crie-t-il, exaspéré.

La jeune femme bloquant l'accès à son œsophage à l'aide de sa luette, le tube est ressorti entre les lèvres. Le médecin généraliste qui attendait pour faire couler de la bouillie fait une grimace. Son collègue retire le tube du nez de Yŏnghye.

— Allez, on essaie encore une fois. Il faut procéder plus rapidement.

À nouveau, le tube est enduit de gel. À nouveau,

l'infirmier costaud broie entre ses mains le visage de Yŏnghye qui se débat. Le tube s'enfonce dans sa narine.

— C'est bon, ça y est !

L'opérateur pousse un bref soupir. Les mains du généraliste s'affairent. Il injecte de la bouillie à l'aide d'une seringue. Serrant fort le bras de Inhye qu'elle tient toujours, l'infirmière lui chuchote :

— Ça y est, on a réussi ! On va l'endormir maintenant, pour éviter qu'elle ne vomisse.

Au moment où l'infirmière-chef saisit la seringue contenant un sédatif, un cri aigu parvient aux oreilles de Inhye, qui se libère de la poigne de l'infirmière et se précipite dans la chambre.

— Poussez-vous ! Poussez-vous, tous !

Écartant le psychiatre d'un coup d'épaule, elle se place à côté de Yŏnghye. Le visage de l'aide-soignante qui tient le tube est couvert de sang. Celui-ci jaillit sans interruption du tuyau et de la bouche de Yŏnghye. Le généraliste recule.

— Retirez-moi ça ! Retirez-moi ce tube ! hurle Inhye sans savoir ce qu'elle fait, tandis que l'infirmier la saisit par les épaules pour l'éloigner. Entre-temps, le psychiatre a extrait le tuyau du nez de la patiente.

— Ne bougez pas ! Ne bougez pas ! lui crie-t-il. Le sédatif !

L'infirmière-chef s'apprête à le lui passer.

— Non ! crie Inhye, presque en sanglotant.

— Arrêtez ! Non ! Ne faites pas ça !

Elle mord le bras de l'infirmier pour lui échapper.

— C'est quoi ce bordel ! vocifère ce dernier.

Inhye s'élance et prend sa sœur entre ses bras. Son chemisier est trempé par le sang que Yŏnghye crache abondamment.

— Arrêtez, s'il vous plaît ! Je vous en prie…

Elle attrape le poignet de l'infirmière-chef qui tient la seringue. Elle sent le corps de Yŏnghye trembler en silence contre le sien.

*

La blouse du psychiatre qui a retroussé ses manches est également ensanglantée. Inhye fixe le motif dessiné par les taches, qui lui rappelle un grand tourbillon.

— Il va falloir la transférer en urgence dans un hôpital de Séoul. Une fois sur place, dès que l'hémorragie de l'estomac s'est arrêtée, vous lui faites injecter des protéines par les vaisseaux de la gorge. C'est la seule façon de la maintenir en vie… Peut-être pas très longtemps.

Elle sort du bureau des infirmiers tout en rangeant l'ordonnance dans son sac. Elle entre aux toilettes et se laisse tomber devant la cuvette sur ses genoux qui fléchissaient. Elle se met à vomir silencieusement – du thé opaque, de l'acide gastrique jaune.

— Espèce d'idiote ! répète-t-elle, les lèvres tremblantes, tout en se lavant le visage au lavabo. Tout ce que tu peux blesser, c'est ton corps. C'est la seule chose dont tu peux faire ce que tu veux. Mais même ça, ce n'est pas si facile, pas vrai ?

Levant la tête, elle aperçoit son visage mouillé dans

le miroir. Les yeux sont ceux qu'elle a vus et revus dans ses rêves, en train de saigner. Elle avait beau rincer le sang avec de l'eau, il y en avait toujours. Mais à présent, la femme qui la regarde ne pleure pas. Sans laisser apparaître le moindre sentiment, comme elle l'a toujours fait, elle se contente de la contempler, sans mot dire. Les cris stridents qu'elle a poussés tout à l'heure lui étaient si étrangers qu'elle a du mal à croire qu'ils venaient d'elle.

Le couloir tangue, comme si elle était ivre. Elle avance vers le hall tout en se donnant le plus grand mal pour garder son équilibre. Le soleil éclaire brusquement l'intérieur. Cela faisait longtemps. Les malades, réactifs à la lumière, s'agitent. Pendant que les autres, tout excités, s'approchent des fenêtres, une femme, qui ne porte pas la tenue des malades, vient vers Inhye. Celle-ci, plissant les yeux, tente de distinguer le visage de celle qui se tient dans son champ visuel en proie au chaos. C'est Hiju. Elle a dû pleurer encore, car ses yeux sont rouges. Est-ce une personne naturellement affectueuse ? Ou une malade cyclothymique ?

— Que faire ? Yŏnghye… Si elle part…

Inhye lui prend la main.

— Merci pour tout ce que vous avez fait.

L'envie lui prend soudain de tendre les deux mains pour saisir les épaules vigoureuses de cette femme en larmes. Mais elle résiste. Au lieu de cela, elle tourne la tête, pleine de sollicitude, vers les internés qui scrutent l'extérieur. Le regard suppliant de ces êtres dont l'âme est ailleurs semble exprimer leur désir de sortir de là. Ici, ils sont enfermés. Comme cette femme l'est. Comme Yŏnghye l'a été. Si Inhye n'a pas étreint Hiju dans ses bras, c'est parce qu'elle n'a pas oublié que c'était elle-même qui avait enfermé sa sœur dans ce lieu.

Du couloir est parviennent des pas rapides. Deux infirmiers se hâtent de sortir hors de la chambre avec une civière sur laquelle est allongée Yŏnghye, que l'aide-soignante et Inhye viennent de changer après lui avoir fait une toilette sommaire. Elle a les yeux fermés et son visage est net comme celui d'un bébé qui vient de s'endormir après son bain. Elle voit la main de Hiju se tendre pour saisir celle, décharnée, de Yŏnghye, et tourne la tête pour l'ignorer.

*

Devant le chauffeur, le pare-brise de l'ambulance encadre la forêt d'été tout en verdure. Sous le soleil déclinant de cette fin d'après-midi, les feuilles encore mouillées brillent d'un éclat qui semble vouloir exalter leur résurrection.

Inhye ramène les mèches encore humides de sa sœur derrière ses oreilles. Comme Hiju le lui avait dit, Yŏnghye est si légère… Sa peau, à présent duveteuse, est blanche et lisse. Tout en savonnant le dos sur lequel la forme de chaque vertèbre se dessine, elle s'est souvenue des soirées de leur enfance où elles prenaient un bain ensemble, se frottaient le dos et se lavaient mutuellement les cheveux.

Inhye caresse ceux de sa sœur, effilés et fragiles,

comme si elles étaient revenues à cette époque. Ils lui rappellent ceux qu'avait Chiu quand il était encore un petit être enveloppé dans une couverture. Elle revit la sensation des doigts minuscules de son fils frôlant ses sourcils et se sent envahie par une vague de tristesse.

Elle sort son téléphone portable de son sac et le connecte, alors qu'il est resté éteint toute la journée. Elle compose le numéro de la voisine :

— C'est la maman de Chiu... Je suis venue voir une parente hospitalisée... Oui, il y a eu un imprévu... Non, le bus du jardin d'enfants va le déposer devant la résidence à six heures moins dix... Oui, en général, il est ponctuel... Je ne rentrerai pas très tard. Si ça dure trop longtemps, je passerai prendre Chiu et je retournerai à l'hôpital. Il ne va quand même pas dormir chez vous... Merci beaucoup... Vous avez mon numéro de téléphone, n'est-ce pas ?... Je vous rappellerai.

Elle met fin à la communication et réalise alors que cela faisait longtemps qu'elle n'avait pas confié Chiu à quelqu'un. Depuis qu'il est parti, elle a toujours respecté un principe : passer ses soirées et les week-ends avec son fils.

Son front se plisse. Soudain envahie par la lassitude, elle s'appuie contre une vitre. Elle réfléchit, les yeux fermés : Chiu sera bientôt grand. Il saura lire, rencontrera des gens... Comment lui expliquer leur histoire qui, sous forme de ragots, finira bien par parvenir à ses oreilles ? Malgré de fréquentes maladies dues à une santé fragile, il a gardé jusqu'à ce jour un caractère plutôt joyeux. Pourra-t-elle préserver cela ?

208

Elle évoque les deux corps nus entremêlés comme des plantes grimpantes. C'était certes une scène choquante, mais ce qui lui en est resté n'a plus rien de sexuel. Les corps recouverts de fleurs, de feuilles et de tiges lui paraissent d'un autre monde, comme s'ils n'avaient plus rien d'humain – des mouvements de végétaux luttant pour se dégager de la matière. Qu'est-ce qui l'avait amené à filmer tout cela ? À miser tout ce qu'il avait sur cette séquence singulière et désolante – et à perdre ?

— Maman, ta photo s'est envolée à cause du vent. J'ai regardé le ciel, euh, un oiseau était en train de voler, et j'entendais : « C'est maman ! »... Euh, deux mains sont sorties de l'oiseau...

C'est ce que Chiu, les paupières encore lourdes de sommeil, lui avait raconté, longtemps auparavant, quand il ne s'exprimait pas encore très bien. Elle avait été surprise par le vague sourire qu'il esquissait en même temps que montaient ses larmes.

— Mais ce n'est pas un rêve triste ! lui avait-elle fait remarquer.

Chiu, toujours couché, s'était frotté les yeux avec ses poings.

— Comment était-il, cet oiseau ? De quelle couleur était-il ?

— Blanc... Euh, il était joli.

Il avait reniflé, avant de cacher son visage contre la poitrine de sa mère. C'était un sanglot qui l'avait remplie d'affliction, comme quand il faisait des efforts pathétiques pour la faire rire. Ce n'était pas comme s'il voulait quelque chose, ou comme s'il demandait de l'aide. Il était tout simplement triste et, pour cette raison, il pleurait. Elle lui avait dit sur un ton apaisant :

— Je vois, c'était donc une maman oiseau.

Chiu avait hoché la tête tout en continuant à se serrer contre elle. Elle l'avait saisie entre ses deux mains pour l'approcher de son visage.

— Regarde, maman est là ! Elle ne s'est pas transformée en oiseau, tu vois ?

Sur la figure du gamin, mouillée comme celle d'un chiot, était apparu un sourire à peine perceptible.

— Tu vois ? C'était juste un rêve.

Était-ce vrai ? s'était-elle demandé à ce moment-là, en retenant son souffle. Juste un rêve ? Juste une coïncidence ?

C'était le matin même où, dans son T-shirt d'un mauve délavé, elle avait fui à reculons devant les arbres de la colline qui se dressaient dans la pénombre.

— C'était juste un rêve, dit-elle tout haut lorsqu'elle revoit l'expression qu'avait Chiu ce jour-là.

Surprise par sa propre voix, elle ouvre grands les yeux et jette un rapide coup d'œil autour d'elle. L'ambulance dévale la route en pente. Alors qu'elle ramasse les mèches de ses cheveux, qu'elle n'a pas fait coiffer depuis longtemps, ses mains sont prises d'un fort tremblement.

Elle ne peut pas se l'expliquer… Comment a-t-elle pu envisager aussi facilement d'abandonner son fils ? C'était une faute, le signe d'une cruelle irresponsabilité, pour laquelle elle ne trouve pas de justification, même à ses propres yeux, si bien qu'elle ne peut se confesser à personne, ni demander pardon. Elle constate froidement la réalité : si son mari et Yŏnghye ne l'avaient pas prise de vitesse en allant trop loin, s'ils n'avaient pas tout détruit comme on le fait pour un château de sable, c'est peut-être elle-même qui se serait effondrée et serait partie à jamais. Le sang que sa sœur a craché aujourd'hui, aurait-il dû jaillir de sa propre poitrine ?

Yŏnghye n'en vomit plus, mais ouvre les yeux.

— Hmmm.

Ses prunelles noires la fixent. Que se passe-t-il derrière elles ? Quelle peur, quelle colère, quelle douleur, quel enfer inconnu d'elle sont-ils dissimulés là ?

— Yŏnghye ! appelle-t-elle d'une voix rauque.

— Eu, hmm.

Yŏnghye tourne la tête pour signifier qu'elle refuse tout échange. Inhye tend une main tremblante, qu'elle retire aussitôt.

Elle se mord les lèvres. Parce que brusquement lui est revenu en mémoire le sentier qu'elle avait descendu cette aube-là. La rosée qui avait mouillé jusqu'à l'intérieur de ses sandales glaçait ses pieds nus. Elle ne pleurait même pas. Parce qu'elle ne comprenait pas. Elle n'arrivait pas à deviner quelle était la signification de cette humidité froide qui imprégnait sa fatigue et se propageait dans ses vaisseaux sanguins asséchés. S'infiltrant dans son corps, jusqu'aux os...

— Tout ça, c'est...

Inhye ouvre soudain la bouche pour chuchoter

quelque chose à sa sœur. *Bong !* a fait le véhicule en passant sur une dénivellation. Inhye saisit avec force les épaules de Yŏnghye.

— ... peut-être un rêve.

Elle baisse la tête. Comme habitée par une volonté étrangère, elle articule chaque mot, la bouche collée à l'oreille de sa sœur :

— Quand on fait un rêve, on le prend pour la réalité. Mais quand finit la nuit, on sait qu'il n'en était rien... Donc, si un jour on se réveille, alors...

Elle relève la tête. L'ambulance attaque le dernier virage de la montagne. Elle aperçoit un oiseau noir, sans doute un milan, qui s'envole vers les nuages gris. Le soleil d'été lui pique les yeux, l'empêchant de suivre le mouvement du rapace.

Elle inspire en silence. Elle scrute les flammes des arbres sur le bord de la route, des flammes vertes qui se dressent et ondulent comme autant de bêtes. Son regard est sombre, fixe, comme si elle en attendait une réponse ou, plutôt, comme si elle protestait contre quelque chose.

Du même auteur :

LES CHIENS AU SOLEIL COUCHANT,
Zulma, nouvelles, 2013.

PARS, LE VENT SE LÈVE, Decrescenzo, roman, 2015.

Des mêmes traducteurs :

Oh Jung-hi, LE QUARTIER CHINOIS,
Serge Safran Éditeur, 2014.

Shin Kyung-sook, PRENDS SOIN DE MAMAN,
Oh ! Éditions, 2011.

Hwang Sok-yong, LE VIEUX JARDIN, Zulma, 2005.

Table

La Végétarienne.   7
La Tache mongolique   67
Les Flammes des arbres   143

Le Livre de Poche s'engage pour
l'environnement en réduisant
l'empreinte carbone de ses livres.
Celle de cet exemplaire est de :

250 g éq. CO_2

Rendez-vous sur
www.livredepoche-durable.fr

PAPIER À BASE DE
FIBRES CERTIFIÉES

Composition réalisée par MAURY-IMPRIMEUR

Imprimé en France par CPI
en juin 2016
N° d'impression : 3018180
Dépôt légal 1re publication : mars 2016
Édition 02 - juin 2016
LIBRAIRIE GÉNÉRALE FRANÇAISE
31, rue de Fleurus - 75278 Paris Cedex 06

30/4672/3